父がひとりで
死んでいた

離れて暮らす親のために
今できること

如月サラ

日経BP

父がひとりで死んでいた

離れて暮らす親のために今できること

はじめに

　この文章を読んでくださっているのは、私の連載か取材記事等をご覧になった方か、書店でタイトルを見て「どんな本なんだろう」と手に取ってくださった方だと思います。ありがとうございます、こんにちは。如月サラと申します。

　この本は、遠く離れた実家で父が孤独死していたことから始まる、約1年間にわたる私の行動や心の動きを書き留めたエッセイ集です。私は50代。東京で長年、出版社に勤め女性誌の編集者として過ごしてきました。ひとりっ子で離婚歴があり子どもはいません。25歳のとき片道チケットを握りしめ、当時は遠い遠いところだった東京へ飛行機で出てきてから、もうこちらで暮らした年月のほうが長くなりました。

　父が孤独死していた理由は、母がその半年前にレビー小体型認知症と診断されたことに遡ります。母は診断を受けたその日のうちに緊急入院し、それから父はひとりで暮らしていました。元気で明るく気丈者だった母が認知症になり、状態の回復が見込めないということに衝撃を受けた私は、それから母のことばかりを気にかけていました。父はひとりでなんとか元気にやってくれているものと信じていたのです。

実は母が入院して父が死ぬまでの約半年間、私は一度も実家に足を運んでいません。その年に故郷に帰ったのは、母が認知症の診断を受ける少し前の初夏。電話で様子がおかしいと感じて急いで実家に行き、すっかり変わってしまった母の姿を見て認知症を確信した私は、専門医の予約を取る前の段階として、まず近くのクリニックで紹介状を書いてもらいました。しかし予約が取れたのはずいぶん先だったので、東京の家に戻らざるを得ませんでした。その２日後、母は熱中症で倒れました。

その後東京では新型コロナウイルスの感染が拡大して、とても飛行機に乗って田舎に行くことが許される雰囲気ではありませんでした。仮に帰省したとしても、母の入院している専門病院に東京の人間が近づくことは一切許されていません。母に面会できないのなら帰る意味がないと、私は父の様子を見に行こうとすらしませんでした。そして半年後に父は部屋でひとり死に、発見されたのは死後1週間たってからだったのです。別室にいた4匹の猫たちがなんとか生き延びていました。

1年前の年末に帰省したときには空港に迎えに来てくれた両親。ニコニコと到着ロビーで待つ2人の姿を今も鮮やかに思い出すことができるのに、その1年後に私は死んだ父の遺体を引き取りに警察署に行き、葬儀を出し、認知症の進む母が退院した後に入る施設を探しながら、無人になってしまった広く古い一軒家で途方に暮れていました。

親の孤独死、遠距離介護、空き家になってしまった実家。まだこれから先の長い人生を生きていかなければならない私は、心の準備をする暇もなく、いきなり現代のさまざまな問題を抱えることになってしまいました。親の介護はゆるやかに始まるもので、もう少し先のことだろうと高をくくっていたのです。いきなり両親とも実家からいなくなってしまうなんて思いもよりませんでしたし、何ひとつ話し合ってもいませんでした。

母には父の死を告げないようにとの主治医の判断もあり、悲しさは共有できませんでした。もっと父を気にかけていればこういう事態は避けられたのではないかと自分を責め、やがて私だけで受け止め対処していかなければならないのだという事実が重くのしかかってきました。震える手でいくら検索をしても、老親の死というあまりにもありふれた出来事に対する悲しみを今すぐケアできる方法は見つかりませんでした。そんな中で私が行ったのは、自分の今の気持ちをそのまま書くことでした。

ウェブ上のメディアプラットフォームである「ｎｏｔｅ」に自分のページを作ってエッセイを書いていた私は、「父がひとりで死んでいた」というタイトルで、父への思いを一気に書きました。誰が読んでくれなくとも良かったのです。何の役にも立たないただの日記でした。書くことは不思議と私の心を少しだけ軽くしました。

翌朝起きて、驚きました。アクセス数が数万を超えていたからです。ツイッターやブックマークサイトでもエッセイは多くの人に言及されており、同じような状況になりそうだと不安を抱えている人がこんなにも多いのだと知りました。同時に、多くの方から心のこもったコメントやサポートをいただき勇気づけられました。

　その後、ウェブメディア『日経ＡＲＩＡ《アリア》（現・日経ｘｗｏｍａｎ《クロスウーマン》ＡＲＩＡ）』で機会をいただき、リアルタイムで状況をエッセイとして連載しました。時には絶望したり暗く重い気持ちになったりしたことも正直に書き留めていますが、時がたつにつれ周りが見えるようになり、少しずつ元気を取り戻していきました。そして、この経験で得たものが今後の私を支えていくのではないかという大きな気づきがありました。

　この間、学んだことがあります。それは、自分の気持ちを他の人と共有することが何よりのケアだということ。そして、誰もがいつか直面するであろう介護や相続について、親が元気なうちから備えておかなければならなかったということです。私の場合も、事前に手を打っておけば対処できたことがいくつもありました。

　この本が、今まさに渦中にいる方の心を少しでも軽くすることができる友達のような役目を果たせますように。そして、これからに備えたい人の道案内となれますように。心をこめて届けたいと思います。

目次

第1章

ある寒い冬の日、
遠く離れて暮らす父が
孤独死していた

「お父さんがベッドの脇の床に倒れている」

２０２１年の１月半ばに、ひとり暮らしだった父（84歳）が遠く離れた実家の自室で倒れて亡くなっているのが見つかった。死後１週間たっていた。

父がひとり暮らしになったのは、昨年の夏に母（82歳）が熱中症で倒れたことがきっかけだ。認知症の専門病院に予約を入れていたこともあり、その後長期入院することになった母のことばかりに気を取られていた私は、父はなんとか生活しているものだと思っていた。思うようにしていた。

父と私の意思疎通は、月に１回、母の入院費の支払額を連絡するときだけだった。病院からの請求書は私が東京で受け取り、支払いは父にお願いしていたのだ。

母の入院に納得していなかった父と言い合いになるので、私は電話を次第にかけなくなった。誕生日にも。お正月にも連絡をしなかった。

そして1月の半ば。今月の入院費を連絡しようと何度か実家に電話をかけたが、出ない。携帯電話にもかけたが、やはり出ない。嫌な予感がした。

実家の鍵を預けてある叔母に電話をして、様子を見に行ってくれないかと頼んだ。東京の自宅で仕事をしながら不安が募っていった。夕方、叔母から電話がかかってきた。

「お父さんがベッドの脇の床に倒れている」

「倒れて苦しんでいるんですか、もう死んでいるんですか」

叔母は「うーん……」と言った。

生きていれば119番。死んでいれば110番。その知識はあった。

「ああ……死んでいるんですね、110番してください」

そう言うのが精いっぱいだった。

翌日飛行機で故郷へ、まず向かったのは警察

羽田から故郷への最終便の出発は19時頃。今から準備すれば間に合うかもしれない。しかし私の東京の家には2匹の猫がいる。この帰省は1週間近くかかるだろう。その間、猫をどうしよう。今からペットホテルに預けに行く時間は取れそうにない。そんなことを考えながらぐるぐるぐるぐると狭い部屋の中を歩き回った。何から手をつければいいかわからなかった。

そのうち、警察から「これからしばらくののち、事情聴取のお電話をします。明日の朝にご遺体の解剖をしますので、明日来てくだされば大丈夫です」と電話がかかってきた。明日の朝一番の羽田からの出発便を予約し、とにかくまずは猫を預けておこうと閉店間際のペットホテルに連れていった。

警官は、ご遺体、と言った。

父は、遺体になってしまったのだ。

遠い知らない世界の話を聞いているようだった

事情聴取は1時間に及んだ。最後に会った日、最後に電話をした日、父の病歴、預金額など事細かに聞かれたが、私はほとんど何も知らなかった。父は私にとっては父だったから。それ以外のことなど知らなくてもよかったのだ。これまでは。

警察によると、郵便受けにたまっていた新聞の日付から考えると、亡くなったのは1週間前だろうということだった。洋服がベッド脇に置かれ下着姿だったこと、他の部屋の電気はすべて消えており、自室の電気とエアコンだけがついていたことから、就寝しようとして倒れ、そのまま事切れたのではないかということだった。

「当地でもこの冬で一番寒い夜でした」と若い警官は言った。

そうだろう。私もその夜は寒かった。東京も寒かった。覚えている。

翌朝、空港から警察署に直接行くと、現場検証の写真を見せられた。

このように倒れておられました。このようなお顔でした。部屋の様子はこうでした。洗濯機の中はこうでした。バッグにはこんなものが入っていました。現金はこれだけお持ちでした。預金通帳の内容はこうです。携帯電話の発信記録はこうです。デスクの上にはこういう物が載っていました。こんなメモが残っていました。

……なんだか遠い知らない世界の話を聞いているようだった。

死んでいた父の手足を写真で見ると、棒きれのようだった。最終的に体重は38kgだったと本人がレシートの裏に書いてデスクの上に置いてあったと記録が残っていた。

「今まで一生懸命に生きてこられたのでしょう」と年配の警官が言った。

ご遺体を確認していただけますか。そう言われ、安置室に向かう。線香が1本立って、煙が出ていた。既に葬儀屋によってきれいに清められ、お棺に入れられた父の顔を見て初めて、別れの時が来たのだとわかった。

「お父さん、今までよくがんばったね」

それしか言えなかった。涙は出なかった。

慌ただしく過ぎていった2日間でつらかったこと

葬儀場には内金が入れられ、納骨堂も購入してあった。僕たちが死んだらここに連絡してここにお骨を入れるように、という貼り紙が廊下にあったのは知っていたけれど、まさかそんな日が急に来るとは思ってもいなかった。

通夜、葬儀、火葬と2日間は慌ただしかった。ごく少数の親戚が来て、父の若い頃の思い出を話してくれ、心慰められた。

でも、この悲しみや不安を、同時進行で一緒に受け止めてくれる人がいないことがつらかった。ひとりっ子で実家から遠距離に暮らし、パートナーも子どももいないというのはこういうことなのだと改めて知った。

急に襲ってきた重荷や不安に耐え切れず、多くの友人たちにメッセージをしたところ、返事や電話をくれた。とてもありがたいと思った。でも中には、私の話が重すぎて負担になった人もいただろう。申し訳ないと思う。

もっとも耐えがたい気持ちは、父を孤独死させてしまったという自責の念だった。なぜあまり連絡をしなかったのか。なぜ母にばかり気を取られて痩せ細っていく父のことを気遣ってやれなかったか。何度も何度もそう考えた。

しかし、父自身が誰にも黙って死んでいくことを選んだのではないかとも思った。カッコつけたがりの人だったから、誰の世話にもなりたくなかったのだろう。最後まで自分の力で生きると決めていたのだろう。

父がいつも肌身離さず持っていたバッグの中を全部改めた。底には私の幼い頃の写真が1枚、入っていた。

セーフティーネットは機能しなかった

財布に残されたレシートを見ると、大みそかまで近所に買い物に行っていた形跡があった。翌年のカレンダーがいくつも買ってあり、家のあちこちにぶら下げてあったけれど、表紙はめくられていなかった。

年賀状を15枚買ってあったが、使われていたのは2枚だけだった。いつも私にも年賀状をくれるのに、今年は来ないなと思っていた。準備する元気がなかったのだろう。

なめるように新聞を読み赤線を引き、気になった言葉を抜き書きしたり切り抜いたりするのがあれほど好きだったのに、取り込んだ1週間分くらいはただ乱雑に積み上げてあった。読む気力も残されていなかったのだろう。

購読契約していた地元の新聞社は「○○販売センター県内○店のネットワークは、独り暮らしの高齢者や子どもたちが安心して地域で生活できるよう活動する『○○見守り応援隊』として、県、県警、県社会福祉協議会、県民生委員児童委員協議会と協定を結んでいます」と言っている。そのセーフティーネットは機能しなかったんだなと思った。

実家にひとりでいるのが怖くなった

怒《ど》濤《とう》の２日間が過ぎると、誰もいない実家にいるのが怖くなった。

父も母もいない一軒家。学生時代を過ごした部屋にいると、コーヒーが入ったよ、と父がひょっこり現れるような気がした。怖かったのは両親の不在ではない。誰かがどこかから入ってきたら私はひとたまりもない、ということだった。東京でマンションに住んでいるときには感じたことのない恐怖。闇が襲いかかってくるようだった。

これから無人になる実家の防犯についても考えなくてはならない。家の名義も変えなくてはならない。父の年金を止めて母の遺族年金をもらう手続きをしなくてはならない。携帯電話をはじめ、契約していたであろうさまざまなサービスを止めなくてはならない。車を廃車しなくてはならない。保険はどうなっているんだろう。

明日からやらなくてはならない膨大な事務作業のことを思うと恐怖に加えて気が遠くなり、部屋の鍵を固く締めてただひたすら朝が来るのを待った。

3人だった家族が、近い将来には私だけになる

そんなときでもおなかはすくし、シャンプーやリンスも切れる。実家の近所にはイオンタウンがあり、田舎のどこにでもある風景が広がっている。夕暮れに買い物をしながら巨大なモールを歩いていると、じんわりとさびしさが胸に広がってきた。

私はひとりっ子だ。閉経してしまったから、これから子どもを持つことはできない。

3人いた家族がひとり欠けて、たぶん近い将来には私だけになる。我が家はこれで絶えてしまうのだ。これがその始まりなのだ。

家族3人という状態がずっと続くとはもちろん思っていなかったけれど、底の抜けたような不安や恐怖や悲しさが襲ってくることは想像できなかった。

この寄る辺ない気持ちをどうしていいかわからなかった。暗い、誰もいない実家で私はその夜、父が死んでから初めて声を上げて泣いた。

父が日中ほとんどの時間を過ごしていた場所

COLUMN

親が元気なうちから始めたい「見守りサービス」

遠く離れた場所でもそうでなくとも、高齢の親と別に暮らしている場合は自然な形で安否を確かめるためのシステムの構築をしておくと安心です。

例えば、親に一定時間動きがなければ通報されるホームセキュリティー会社の安否見守りサービスへの加入を検討してもいいでしょう。自治体が同様のサービスを提供している場合もあり、この場合は安価に利用できますが、利用には条件があるので確認してみましょう。

それでは大げさだという場合は、親が電気ポットやトイレを使えば安否が確認できるという、生活の中で自然に使えるサービスもあります。

互いの了解が得られれば見守りカメラを設置するという方法もあり、これであれば親の様子を手元のスマートフォンで確かめることができるのでより安心できます。しかし親にもプライバシーがあるので、よく話し合うことが大切です。

自治体によっては水道やガスの検針時、また郵便局、新聞配達、配食サービス、乳酸菌飲料配達サービスなど各種団体と協力しての直接訪問型の見守りサービスがあるので、親の居住地の情報を確認してみましょう。ボランティアによる訪問を行っている場合もあります。

親が倒れたり、入院、施設入居を検討する段階になってからでは遅いことが多いので、見守りサービスは互いに元気なうちから検討することが肝心です。一度話しただけでは親自身の気持ちが定まらず了解を得られにくいので、さりげなく話題にするところから始めて粘り強く説得しましょう。

第 2 章

自室で
ひとり死んだ父は、
最期まで生きようと
していた

叔父の話で初めて知った、若き日の父のこと

警察での遺体の引き取りから葬儀と火葬までは、あっという間だった。ごく少人数ではあったけれど、母方の叔父や叔母、そして小さい頃に会ったきりほとんど交流のなかった父方の叔父やいとこたちが来てくれてありがたかった。

火葬を待つ間、父の弟に当たる叔父は、私の知らない若い頃の父の話をしてくれた。高校時代に合唱部の部長だったこと。やけにモテていたこと。更年期障害で動けない祖母の代わりにきょうだいの食事を作ってくれていたこと。まだ父の死を現実のものと受け止め切れていない私に、笑顔交じりの思い出話は大きな慰めになった。

今、ただの物体となった父の肉体は焼かれて、確かに世界の一角を占めていたその存在は消え去ろうとしている。そんなときに残っていくのは、こんなたわいのない記憶だけなのだろうと思った。

すべての儀式が終わると、皆は帰り、私はひとり取り残された。話す相手もいなかった。一緒に泣ける人もいなかった。これからの相談ができる家族もいなかった。葬儀場から骨つぼを抱えて歩いて実家へ帰った。

日が暮れてゆく。父がいつも座っていた台所のテーブルの一角に座って、ぼんやりとテレビを見ながら近所のチェーン店で買ってきたお弁当を食べた。

ランチの誘いには乗りたいけれど、その後が怖い

地元の友人から、時間と気力があればランチでもしようと連絡をもらった。ひとりでいるのは心細すぎたから行きたかったけれど、ランチの後にまた誰もいない実家に帰るのが怖かった。

「よければ実家に来て1日一緒にいてくれる？」

無理を承知で頼んでみると、快く受け入れてくれた。話すうち、せっかくなら少しでも家を片付けよう、手伝うよということになった。

父には何でもため込む癖があり、それはやがて自身の部屋には収まらず、隣の和室、さらに隣の洋室と場所を侵食していった。母や私の目からはガラクタにしか見えないものも、父にしてみれば大切な思い出の品だったのだろう。

「モノのないすっきりした家に住みたい」と母はよく言っていた。片付けようとすると「僕が死んでからにしてよ」とケンカになっていた。

お父さん。あなたは死んだのだから、片付けさせてもらうよ。

片付けのため意を決して入った父の部屋にあったのは

まずは父が死んでいた部屋に向かう。実は実家に帰ってから納骨の日まで、恐ろしくてそこに足を踏み入れることができなかった。人が死んで1週間そのままになっていた部屋であるという怖さももちろんあったけれど、父のプライベートな領域を見てしまうことになるかもしれないという怖さのほうが大きかった。

思い切って部屋に入る。

真冬の寒い時期だったので、1週間たっていたにもかかわらず、父の遺体はほとんど腐敗していなかったと聞いていた。それでも、警察で見せられた現場検証の写真が頭によみがえる。あの辺りに頭があって、この辺りに足があって、うつぶせだった。そこをじっと見てみたけれど、何もなかった。

ふと、ベッドの傍らに、最期の日に着ていたらしい服が一式、置いてあるのが目に入った。赤いセーターとコーデュロイのパンツだった。セーターは喉元から胸のあたりがかなり汚れていた。気分が悪くなり、嘔吐《おうと》してしまったのかもしれない。

倒れたとき、もう父は意識を失っていたのだろうか。それとも冷えていく自分のことをわかっていたのだろうか。苦しくはなかったか。さびしくはなかったか。後悔はなかったか。またぐるぐると頭を自責の念がめぐり始めた。

だめだ。この部屋を片付けることは、当面できそうにない。

冷蔵庫に残された1週間分のスープとおかゆの鍋

2階にある父の部屋から1階に下りて、台所を見渡した。父が日中ほとんどの時間を過ごしていた場所だ。流しに最後の食事に使った食器が水につけられていたので、洗った。冷蔵庫を開けてみると、調理した野菜スープの鍋とおかゆの鍋があった。どちらも大きな鍋だった。しばらくはこれを食べるつもりだったのだろう。

父は25年前の定年直前、長く続く激しい歯痛に悩まされ、最終的には大学病院で歯肉がんと診断された。治療は下顎を取り去る大手術。下顎を取ってしまうということは、顔の形が変わるのですか？　と聞いた当時の私に、担当医は「少しお顔が変わるかもしれません」と言った。結果は、少しどころではなかった。

食べることも話すことも困難だった父

完全にそれまでとは変わってしまった容貌と、咀嚼《そしゃく》もできず話す言葉がほとんど聞き取れなくなった口。娘ながらになかなかの男前だと思っていた顔はもう、そこにはなかった。１９９６年のことだ。医療法に「説明と同意」の義務が記載されるようになったのは、97年のことだそうだ。インフォームド・コンセントという概念は、まだ患者の側にも、もしかしたら医師の側にもなかった時代だ。

目を背けたくなるほど異様になってしまった顔に、食べることも話すこともほとんどできなくなった口。家族よりショックを受けたのは本人だったかもしれないけれど、死ぬまでただ一度たりとも愚痴を聞いたことはなかった。我慢強い人だった。

流動食を流し込むようにしか口に入れられないため、好きな材料を買ってきて調理したのちにミキサーにかけてスープ状にし、おかゆにかけて時間をかけて食べるようになった。母の手は借りず、すべて自分でやっていた。

1週間分ほども料理が残った鍋の中身を見て、父は生きるつもりだったのだと思った。命の炎が尽きていこうとしていることにおそらく気づきながらも、少なくとも、最期の瞬間まで生きようとしていたのだ。

生ものと大量のペットボトル、牛乳パックと格闘

納骨の翌日は日曜日だった。数日後には実家を離れて東京に帰ることを思い出し、まず片付けるべきなのは台所にある生ものだと気がついた。来てくれた友人たちに、台所にある野菜や冷蔵庫に入っているものを捨ててもらうことから始めた。

問題はペットボトルだった。飼っていた猫4匹が壁におしっこをかけるからと、2ℓ

のペットボトルに水を入れて壁という壁の際に置いてあり、その数は１００本を超えていた。ひとりの友人が昼から夜までそのペットボトルの処分に追われた。

もうひとりの友人は、生ものの処分の次に牛乳パックの結束に取りかかってくれた。牛乳パックを切り開き、乾かして束ねて捨てるのが故郷の自治体の決まりだ。マメな性格だった父は、数え切れないほどの数の牛乳パックを切り開き乾かしていたけれど、なぜだか捨てずに大量に置いてあった。

束ねるものは他にもあった。新聞だ。日がな1日、新聞とチラシを読んでいた父はきれいに新聞を重ねて置いていたけれど、これも大量にあったのだ。なぜこんなに多くの牛乳パックや新聞を置いたままにしていたのか。その答えはおそらくただひとつ。捨てに行く気力も体力も、もはや残っていなかったからだ。

分別が済んだ大量のゴミを前に…衝撃の現実

台所を片付けていると出てくる瓶や缶、プラスチックといったゴミも実に細かく捨て方に決まりがあり、友人たちに聞いても聞いても覚えられなかった。これらを分別して指定の袋に入れ、決まった日にゴミ集積所に運ぶのは、老いた父にとってはかなり苦労を伴う作業だっただろう。

1日かけてものすごい数のゴミ袋と紙類の束ができたけれど、友人たちが帰る頃になって気がついた。

「これ、いつ捨てればいいんだろう……？」

実家から少し歩いたところにあるゴミ集積所に確認に行くと、なんということだろう。私の滞在中に紙類とペットボトルを捨てられる日がない。紙類は週に1回、ペットボトルに至っては月に2回しか収集日がないのだ。24時間好きなときにゴミを捨てることのできる東京のマンションでの生活が長く、決まった日にしか収集してもらえないことをすっかり忘れていた。

この大量のゴミを実家に置いたままにして、東京に帰らなくてはならないのか。

友人たちが帰り、また暗い夜がやってきた。私はゴミ袋に囲まれ、途方に暮れてしまった。

COLUMN

セルフネグレクトを防ぐ ゴミ出し支援と生前整理

ゴミ出しが、体力や認知能力が低下する高齢者世帯の負担になりつつあります。ゴミをうまく出せないと、生きる上で必要な行為をするために必要な意欲や能力を失い、日常生活に支障が出てしまう「セルフネグレクト」状態になりかねません。2011年にニッセイ基礎研究所が行った調査では、孤立死の約80％がセルフネグレクトによるものとされています。

地方公共団体によっては高齢者の玄関先でゴミを収集する「高齢者ゴミ出し支援制度」が提供されています。収集の際に担当者が高齢者住民に声かけをすることで、見守りを兼ねるというプラス面もあります。2021年1月現在、導入している地方公共団体はまだ約35％ですが、支援団体やボランティアが支援を行っているケースもあるので、親の住んでいる地域の情報を調べてみるとよいでしょう。その際、65歳以上のみの世帯に限るなどの要件についても確認しておきましょう。多くの場合、事前申し込みが必要です。

できれば親が亡くなる前に生前整理を一緒に行っておくのが理想的。言い出しにくい場合は「一緒に断捨離しよう」と持ちかけてみるなどの工夫を。多くのゴミを一度に捨てる場合は、地域のゴミ処理施設に有料で持ち込むこともできます。

もし親が亡くなってしまってから遺品を整理する場合は、故人が逝去した翌日から10カ月以内に行わなければならない相続税の申告にも関わってくるので、早めに着手するのがよいでしょう。その際は、トラブルを避けるため相続人全員で行うようにしましょう。

第 3 章

父亡き後に
残された老猫4匹
東京への
移動大作戦を敢行

父が発見されるまでの1週間を耐えた老猫たち

大量のゴミ袋に囲まれて暗い夜に途方に暮れていた私だったが、実はもう１つ大きな問題を抱えていた。猫のことだ。父が死んで、12〜13歳くらいだろうと思われる老猫４匹が実家に取り残されていた。

実家では長年、猫を飼っており、私が大学時代に１匹の猫を拾って連れて帰った30年前から、通算27匹の猫を飼育してきた。すべて保護猫か、人から飼ってと頼まれた猫だ。

母は地域でＴＮＲ活動（捕獲器などで野良猫を捕獲し、不妊・去勢手術を行い、元の場所に戻すこと）もしており、動物が大好きな人だったが、ここ10年ほどは新しい猫を迎え入れることをやめていた。「私たちが死んで、猫たちが残されたら困るから」というのが理由だ。そういう母も半年前に倒れて入院し、父がひとりで面倒を見ていた。

死んでいた父を叔母が発見したとき、別室にいた猫たちは段ボール箱を食いちぎって鳴いていたそうだ。なにしろ1週間、餌にありつけなかったのだ。どれだけおなかをすかせて待っていたんだろうと思うと胸がつぶれそうだった。幸い、洗面所になみなみと注がれた水が残っており、それが彼らの命を救った。

　この老猫たちをどうすればいいのだろう。私の東京の狭い1LDKのマンションには既に3歳の猫が2匹おり、飼うのは難しそうだ。

実家に残されていた4匹の老猫たち

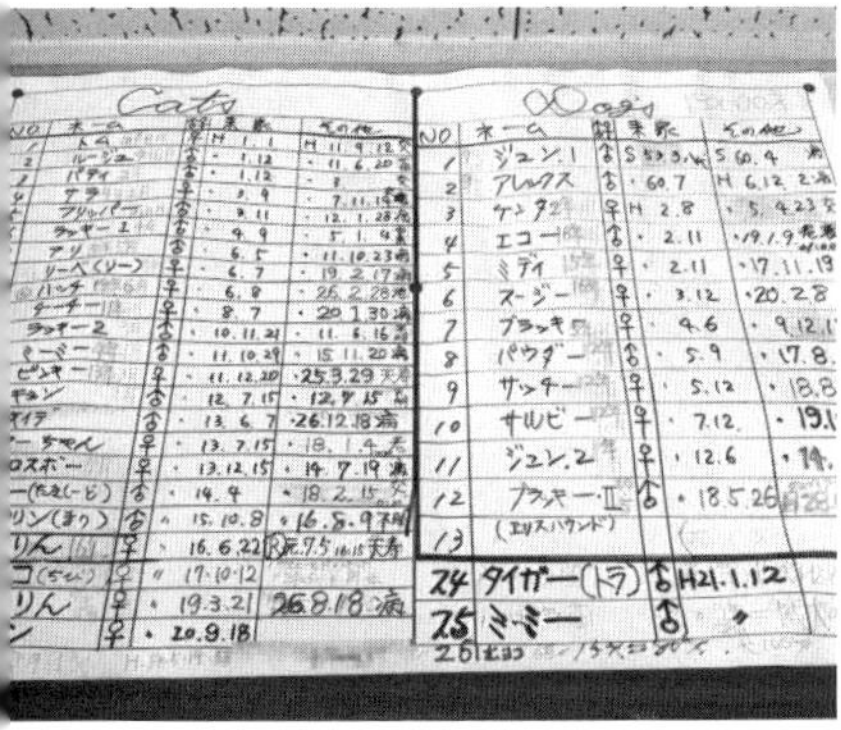

マメな父はこれまで飼育した犬猫を表に書いて掲示していた

父の死後のさまざまな手続きを進めながら、同時に、東京や横浜でＴＮＲ活動をしている友人や故郷の保護団体などに当たってみたが、12歳にもなる老猫たちの譲渡は相当難しいだろうとのことだった。

飼育者の死去によるペットの保護依頼や遺棄は年々かなりの割合で増加しており、社会問題になりつつある。「高齢者は動物を飼うな」という発言をＳＮＳで見かけるが、責任を持って最後まで飼うつもりでいても、不意に自分のほうが先に死んでしまうこともある。それは高齢者じゃなくとも同じことだ。

「老猫ホーム」を調べてみたら金額に仰天

老猫たちの引き取り手を見つけることは諦め、東京で飼っている2匹の猫を連れて実家に移住しようかと考えたが、長年拠点にしてきた場所を離れるのはすぐには難しいだろう。今は仕事のほとんどがオンラインでできているが、東京を離れたら仕事を失ってしまうかもしれないという不安があった。

友人に教えてもらった「老猫ホーム」についても調べてみた。さまざまな事情で飼育できなくなった猫を、生涯預かりという名目で飼育してくれる施設が日本各地にある。料金表を見て驚いた。12歳の猫で毎年30万～50万円、一括払いだと１２０万～１５０万円と書いてある。つまり、４匹を生涯、預かってもらうことにすると５００万円前後かかることになる。到底、払える金額ではない。

葛藤の日々を送りながら１週間、実家に滞在して猫たちの面倒を見ていたところ、だんだん情が湧いてきた。最初はおびえていた猫たちも、次第に私に慣れてきたようだ。何よりも、両親が心を込めてかわいがってきた猫たちだ。

「東京のマンションで飼おう……」

私はそう決心した。

移動大作戦、まずは健康チェックとワクチン接種

いったん東京に戻った私は、またすぐに実家に行くために態勢を整えた。今度は老猫たちの健康チェックとワクチンのためだ。老猫たちにはおそらく、ワクチンを接種していないだろう。両親にそんな話を聞いた記憶はなかった。

地元の獣医師に相談したところ、ワクチンを打ってすぐに飛行機で猫を移動させるのは好ましくないので、1週間は様子を見てほしいという意見だった。そこで実家に到着後すぐに猫たちを1匹ずつ動物病院に連れていき、エイズ検査、白血病検査、血液検査、ノミダニ駆除をし、3種混合ワクチンを打ってもらった。老いている割には皆、健康だという結果を聞き、これで安心して東京に連れて帰ることができると胸をなで下ろした。

いよいよ空港へ運ぶ日にまさかの事態が

1週間がたち、老猫たちの様子が変わらないことを確かめ、いよいよ空港へ運ぼうと

友人が車で迎えに来てくれたその瞬間、なんと、1匹がキャリーバッグを抜け出して行方不明になってしまうという事件が起こった。しかもそのとき玄関が開いていたので、家の中に逃げ込んだのか外に行ってしまったのかわからなかった。

慌てて友人と手分けして探し回ったが、見つからない。刻々と出発の時間が迫る中、私は逃げた猫の捜索を諦め、泣きながら3匹だけを飛行機に乗せて東京へ連れて帰ってきた。長年家の中で暮らしてきた猫がもし外に出ていたとしたら、生きていけるとは思えなかった。自分の犯した痛恨のミスにキリキリと胃が痛んだ。

ところがその日の夜、地元の友人たちが実家に猫を捜しに行ってくれ、家の中で見つかったという連絡があった。いわく「室内に置いてある餌が昼と比べると少しだけ減っていたので、中にいると確信して1部屋ずつ探して回ったんだよ」ということだった。8部屋もある実家での夜の捜索、本当にありがたかった。

見つかった猫は、翌日に私が日帰りで連れに行った。飛行機の往復チケット代は痛かったけれど仕方がない。ところが脱走しただけあり手ごわく、家中を逃げ回ってなかなか捕まらなかった。そこで近所の叔母にも加勢に来てもらい、友人も含め3人で部屋の隅に追い込んだあげくバスタオルでくるみ、大きな洗濯ネットに押し込んだ。

よほど怖かったのだろう、その猫は東京にやってきてから1週間、下足箱の下から一度も顔を出さなかった。

ナーバスになる先住猫たちに状況を「説明」してみた

この捕物・移動大作戦から約3カ月。老猫たちは、東京の我が家の一角を網戸で仕切った狭いスペースで暮らしている。最近ようやく、元からいた2匹の先住猫たちと顔を合わせてもお互い何も言わなくなった。

先住猫たちはしばらくは餌も食べなくなるほどナーバスになっていたけれど、一度、「おじいちゃんが亡くなってしまい、あの4匹は私がここに連れてくるしかなかったのよ。わかってよ」としっかり目を見ながら説明してみた。

猫はきちんと話すとわかってくれるという。それから先住猫たちは、老猫たちの気配をあまり気にしなくなったように思う。

私はといえば、猫たちの世話に以前の倍の時間がかかるようになったけれど、工夫しながら効率化していき、だんだん慣れてきた。6匹の猫たちがいつか同じ空間で過ごせるようになるのが、今の私のささやかな願いだ。

それにしても、問題なのがお金だ。4匹の老猫たちの検査代やワクチン代、東京への片道1匹6000円の飛行機代を合わせると、一気に十数万円が飛んでいった。私の飛行機代2往復分を合わせると、20万円を超える。なんとか自分の財布からまかなったものの、このとき私はまだ、無人になった実家を今後、維持していくためにかかる費用についてよくわかっていなかった。

COLUMN

親の死後に残されたペットは身近な人が飼うのが一番

内閣府の「動物愛護に関する世論調査(2010年)」によると、70歳以上のおよそ4人に1人(24.1%)はペットを飼っています。飼い主の高齢化に伴い、飼い主が亡くなってペットだけが残されるというケースが増えています。親がペットを飼っている場合は、早いうちから対策を検討しておきましょう。

一番いいのは子が引き継いで飼うこと。それができないことがわかっている場合、もしものときには引き取ってもらえないか親戚、友人、近所の人など身近な人にあらかじめ尋ねてお願いしておくといいでしょう。

難しい場合は老犬・老猫ホームへ入居させることを検討してもいいでしょう。老犬・老猫ホームは犬や猫を預かって生涯面倒を見てくれる施設で、このところ増加傾向にあります。費用は一生預かりの場合、犬猫の年齢にもよりますが約100万円からと高額なのがネックです。

里親を探す動物愛護団体などに相談する方法もありますが、必ず引き受けてくれるわけではないことに注意しましょう。

決してやってはいけないのは保健所や動物愛護センターに持ち込むこと。大切な命を最後まで全うさせるためにも親ときちんと話し合っておきましょう。

最近注目されているのがペット信託。これは財産を信頼できる第三者へ託し、自身の入院・施設への入居、および死亡後などもしものときにペットの面倒を見てもらう制度です。大手信託銀行などもサービスを開始していますので、親が元気なうちに、またペットを飼っている人は自分自身の老後のために、検討しておくのもいいでしょう。

第4章

「ごめんねえ、お父さん」遺影を見て認知症の母は言った

入院中の母には、父の死を告げられずにいた

取り残された４匹の老猫を東京の狭い１ＬＤＫに引き取ることにした私。まだ実家の金庫の中を確認したり、請求書や郵便物を見て各所に連絡をしたりという面倒な作業は山ほど残っていたが、すぐに済ませなければならないことはこれでひとまず終わった。そのとき、心に大きく浮上してきたのが母のことだ。

母は認知症の専門病院に入院していたが、誰も面会は許されず、コミュニケーションが極端に減ってしまったことも影響しているのかどんどん自分の内側にこもるようになり、ほとんどものも食べず口も開かなくなっていっていると聞いていた。

「お父様が亡くなられたことは知らせないほうがいいでしょう」と電話の向こうで主治医は言った。私もそう思った。母にはもの忘れはほとんどなかったが、せん妄と呼ばれる妄想と強い自責の念によるうつ状態がひどかったからだ。

快活だった80代の母が、友人の急死を境に沈みがちに

話は少し遡る。母(82歳)の様子がおかしいな、とはっきり思ったのは「手がしびれて震える」という電話がかかってきたときだった。夏真っ盛りを予感させる時期のことだった。

年齢より若く見えてバリバリと元気なのが自慢でもあった母は、グラウンド・ゴルフが趣味で、長年、毎日のように出掛けていた。それにあまり行かなくなったと父から聞いていた。「疲れる」「気分が乗らない」と、誘いを断るようになったという。

そもそも母の気分が沈み始めたのは、近所に住む仲の良い茶飲み友達が急に亡くなったことがきっかけだ。穏やかで上品で物腰の柔らかい「Yのおばちゃん」は私も大好きな人で、帰省するたびに母と遊びに行っていた。それがある夜の風呂上がりに急に倒れ、そのまま帰らぬ人となってしまったのだ。

「Yのおばちゃん」が亡くなってから目に見えるほどに落ち込んでいった母は、不安な気持ちを紛らわせるように、４人の実の姉妹たちに朝から夜まで順繰りに電話をしては長話を繰り返すようになっていった。

朝４時半の電話に、ただならぬ事態を確信

私にも母からの電話が次第に増えていき、朝も夜も関係なくかかってくるようになった。しかし、オンラインが増えたとはいえ私も仕事をする身。毎回、相手をするわけにはいかない。母からの着信があっても無視することが増えていき、そのうち着信音がするだけで反射的に吐き気を催すようになった。

ある日、「はいはい、用がないなら切るからね」といつものように邪険に応じて電話を切ろうとしたのだが、そのときは少し様子が違う感じがした。

「手がしびれて震えるんだけど、お父さんがそんなことはない、気にしすぎだろうと

言って怒るのよ。でもずっとしびれてる気がする。私の脳がおかしいのかも」

母親の「ガラケー」には鈴がつけられていたが、話している間中、チリチリチリチリと音を立てていた。本当に震えているのだ。私の背中にヒヤリとしたものが走った。もしかしたら一大事になるかもしれない。そんな予感がした。

しばらくののち、決定的な電話がかかってきた。時間は朝の4時半。

「まだ頭がおかしくならないうちに言っておくけれど、これまで私はいいお母さんじゃなかったね。本当にごめんね」

これはただごとではないと思った私は、急いで翌日の飛行機を予約した。緊急事態宣言こそ終わっていたものの、「東京の人間は決して他県に行くべからず」という空気がとても強かった時期。誰ひとり告げることなく故郷へと向かった。

「私が世界中の人に迷惑をかけているみたい…」

空港からバスとタクシーを乗り継いで実家へ向かう。そこにいたのは私の記憶とは全く違う母の姿だった。痩せこけて目が落ちくぼみ、辺りをうかがうようなおびえた顔つきをしたみすぼらしい老女だったのだ。うそでしょう、これがお母さんなの……？

母は食事もせず、風呂にもほとんど入っていない様子で、いつ着替えをしたのかもわからず、手足の爪は伸び放題。足は棒きれのように細くなり、立ち上がることも歩くこともほとんどできない。父はそれでも「僕の目から見ると何も変わったところはない」と言い張った。あまりの変わりように衝撃を受ける私に、全身をブルブルと小刻みに震わせながら、母はささやくように小さな声で私に言った。

「あのね、私がコロナのクラスターの中心だから、世界中の人に迷惑をかけているみたいなの。どうしよう」

やはり。母の電話の様子からこれはレビー小体型認知症ではないかと当たりをつけていた私は、つじつまの合わない話をひたすら繰り返す母を見てそう確信した。

その日は地域包括支援センターに相談し、近くのクリニックで紹介状を書いてもらうことしかできず、すぐに東京に帰らなければならなかった。しかし2日後に母は熱中症で倒れ、それをきっかけに認知症の専門病院に緊急入院することになった。「東京の人間が接触したら一切、診察をすることも入院することもできない」と言われ、手続きのためだけに故郷に日帰りし、その後、私は実家に行くこともしなかった。

父の死を知らぬまま、「家族の日々」から遠ざかっていく母

それから約半年。母のいない実家で、父はひとり死んでいった。入院先が少し遠かったので、タクシーで往復する気力と体力のなかった父は一度も母を見舞いに行くこともなかった。残された父のスマートフォンには母の携帯電話に発信した履歴がいくつか残されていたが、つながった形跡はなかった。母は電話の取り方もかけ方もわからなくな

り、携帯電話は病院に預けてあったからだ。

父に、移動するのがつらいほど体調が悪いならちゃんと自分も病院に行くように、緊急事態だと感じたら救急車を呼ぶようにと何度も伝えたが、「僕が入院でもしたら誰もいなくなるこの家はどうなるの？　猫の面倒は誰が見るの？」とかたくなに拒否した。

専門病院に入院している間、父だけではなく私も母に一度も会うことができなかった。電話をかけてもオンライン面会をしても、自分の内側に深く潜り込んでしまった母との意思疎通はだんだん難しくなっていくようだった。

もう自宅に帰れないとは思いもしなかっただろう。10カ月の入院生活で、いつもそれなりに染めて整えられていた母の髪は真っ白く伸び放題になり、かつて快活に笑っていた顔からは表情が消えた。

なぜだか、母は入院してから一度も父のことを聞かなかった。あんなにかわいがっていた4匹の猫たちのことも聞かなかった。まるで家族で暮らした日々を忘れたかのようだった。たまに面会に行く叔母たちに、「娘の頃のように、またみんなで一緒に暮らせたらいいのにね」と言ったと聞いた。そこには父の姿も私の姿もなく、母は家族で暮らした日々からどんどん遠ざかっていくようだった。

そんな母に、暑い夏の日、不意に別々になり、一度も会話することなく彼の世に行ってしまった父のことをどう伝えればいいのか私にはわからなかった。

遺影を前にした母は、かすれる声でつぶやいた

父のいなくなった実家で、母がひとりで暮らすのは難しいだろうと判断し、近くの高齢者施設を探していたところ希望する場所に空きが出たと連絡があった。病院からも退院の許可が出た。施設から引越しの日のみ母を連れて一緒に入室してもよいと言われ、私は久しぶりに飛行機に乗って故郷に向かった。

大雨・洪水警報が出て激しい雨の降る中。病院から施設に移動する前に一度、家を見せたかった。前日に帰り念入りに庭の草むしりをして、部屋中に掃除機をかけておいた。車で病院に迎えに行った後遠回りして実家に寄り、母が1日のほとんどの時間を過ごしていた居間に手を引いていった。懐かしそうにゆっくりと辺りを見回す母に、意を決して私は伝えた。

「ママ……お父さん、死んだよ」

母は息を止めたようだった。雨の音が強くなった。遺影に手を合わせるかと聞くとうなずいたので、奥の和室に連れていった。若い笑顔の父の写真を見ると、それまでずっと黙っていた母は、かすれる声を出した。

「ごめんねえ、お父さん」

その言葉が、何に向けられたものか私にはわからない。自分がいない間にひとりで死なければならなかったことへなのか、諍《いさか》いを続けてきた年月に対してなのか、それでも共に歩まなければならなかった運命に向かってなのか。

母が語る日はおそらく来ないだろう。でもきっと、それでいいのだろう。

COLUMN

認知症になったら動かせない親の財産は家族信託等を検討

内閣府の「高齢社会白書」(2016年度版)によると、2012年の時点で65歳以上の高齢者の7人に1人が認知症を発症しており、2025年には5人に1人になると推計されています。親がいつ認知症になっても慌てないように準備しておきましょう。

親が認知症になって一番困るのは財産の管理。認知症になると財産は凍結され、たとえ本人の介護のためであっても預金を引き出したり自宅などの不動産を売ったりできなくなります。

そのため、親に十分な判断能力があるうちであれば、判断能力が低下した場合に備えて自ら後見人を指名し、財産の管理や介護サービス締結など代わりにしてもらいたいことを契約で決めておく「任意後見制度」の利用を検討するのもいいでしょう。

また、似た制度に家族信託がありります。これは介護時などに備え、保有する不動産や預貯金などを信頼できる家族や第三者に託し、管理・処分を任せる財産管理の方法のこと。

任意後見は法律に基づき厳格な運用がなされており、裁判所の監督を受けるため自由度が低い、家族信託では身の回りの世話を任せられないなどどちらも一長一短あるので、目的に応じて両者を使い分ける、併用するなど十分に検討しましょう。

親が認知症になってしまった後であれば、財産の管理・処分には成年後見制度が利用できますが、成年後見人は家庭裁判所が審判によって選任します。家族が後見人になれるとは限らず、後見人に専門家が指名された場合は、親が亡くなるまで報酬が発生し続けるという大きな負担が生じることになります。

第 5 章

父が亡くなり母は施設へ残る無人の一軒家と維持費問題

9カ月にわたる入院を経て、母は高齢者施設に入居した。おそらくもう帰ってくることはできないだろう。いよいよ実家は無人になった。私は本当に、この100坪の土地と一軒家をひとりで守っていかなくてはならなくなったのだ。

水道光熱費はどの口座から引き落とされているのか

ふと我に返ると、私はこの家のことを何も知らないと気がついた。滞在している間だって電気代も水道代もかかっている。固定電話もつながっている。そのお金がどこから引き落とされているのかを確認しなくてはならない。

「重要なものは僕の部屋の金庫にまとめて入れてあるから」と以前父が言っていた気がするので、見てみることにした。そっと父の部屋に入る。「お父さん、金庫の中、見るからね」と宙に向かって声をかけた。開けられるだろうかと心配だったけれど、金庫に鍵はかかっていなかった。

入っていた何冊かの預金通帳をめくってみる。父の名義の通帳も母の名義の通帳もあった。マメな性格だった父は、どの通帳が何の用途であるか、それぞれのキャッシュカードの暗証番号が何であるかがわかるようきっちりと整理をしていた。

めくってみるとどの通帳もここ数カ月は記帳した記録がなかったので、近所の銀行の支店に行って状況を確認した。その中に公共料金等の引き落とし専用の口座があったが、内容を見て驚いた。残高がマイナスになっていたのだ。ごく少額の定期預金がセットされ、そこから借り入れがなされていた。

いつしか振り込みができなくなった

公共料金の口座には、父が時々まとまった金額を振り込んでいた形跡があった。どこかの時点でこの作業を思い出せなくなったか、銀行に出かける気力をなくしていたのだろう。父が弱っていた証拠を見せつけられたようで、胸が詰まった。

慌ててその口座にある程度の金額を入金し、精査してみた。水道、ガス、電気、固定電話、携帯電話、ＮＨＫ、新聞、固定資産税、自動車税。そういったものが定期的に引かれているが、合計してみると結構な金額になることに気がついた。そのままにしておいたら、誰も暮らさない家に今後もこれだけのお金がかかっていくのかと思うと目まいがした。なんとか対策を考えなくてはならない。

高額な電気代の理由を電力会社に確認

まずは実家に届いていた公共料金の検針票をじっくり眺めるところから始めた。父の手で決まった場所にきれいに整理されていた。もっとも高い料金が引かれていたのが電気代。父が亡くなる前の最後の月は電気代が１万７０００円もかかっていることがわかった。過去の検針票を見つけると普段は１万２０００円前後だが、２万円を超えている月もある。電話をして理由を聞いてみた。

「おそらく寒い時期や暑い時期の暖房と冷房ではないでしょうか」と電力会社の女性は

言った。事情を話すと、契約のアンペア数を落としてはどうかと勧められたので、さっそく手続きを取った。悩んだ末、複数の部屋の冷房や暖房を使う可能性も考慮し、60アンペアから30アンペアにした。数日後にブレーカーを交換しに来るという。

次に検討したのはガスの契約について。実家ではいまだに台所の裏にプロパンガスを置き、そこからガスを引いてコンロの火を使うようにしていた。この家で私が料理をすることはないだろう。幸い電気ポットがありお湯を沸かせるのでお茶は飲める。お風呂のお湯を沸かすのは昔ながらの灯油式ボイラーだ。そこで思い切って契約を停止することにした。

長年使われていない付帯サービスを「発掘」

やけに高い固定電話の料金は、数カ所に電話をすることでその理由が判明した。インターネットのプロバイダー料金が含まれていたのだ。しかもリモートサポートサービスやキャッチホンなど、おそらく10年以上使ってもいなかったであろう付帯サービスがたくさん付いていたのも料金が高い理由だった。

誰もいない実家に電話がかかってきても取る人もいないが、今後の何かのときに電話番号が必要になるかもしれないと思い、解約はせずに付帯サービスを1つずつ外していった。父名義のプロバイダーの解約には私の免許証をファクスで送る必要があり、近くのコンビニまで行ってコピーして送るという手間も生じた。後日送られてくる専用の封筒を使ってルーターを送り返すという作業も必要だった。

NHKには、実家が無人になりテレビを見る人がいないことを電話で告げるとあっさりと解約が認められた。新聞は父の葬儀の日に止めてもらっていたが、無料のタブロイド新聞が数種類、郵便受けに押し込まれていたので、1つひとつ電話して配達を止めた。

固定資産税はどうすることもできない。また、父の車は廃車処分したものの、故郷では車がないと生活できない。私が帰省するときのために母の車は残しておき、自動車税や任意保険もそのままにしておくしかないだろう。

こうやって細かく整理していったが、やはり実家を維持するのにある程度の費用は覚悟しておかないといけないようだった。この時点でまだ母の遺族年金がいくらもらえるかはわかっておらず、私は自分の収入からの補填《ほてん》をひそかに覚悟した。

数日かかって今後の実家にかかるお金の精査と解約や変更などの手続きを終えると、次に気になり始めたのが相続についてである。こんなことになるまで自分が相続の当事者になるとリアリティーを持って想像したことがなかったので、本当に何も知らないのだった。

土地の権利証を確認して判明した事実

噂に聞く相続税を払わなくてはならなくなるのだろうか。調べてみると相続税の基礎控除というものがあることを知った。基礎控除額の計算式は３０００万円＋６００万円×法定相続人の数。法定相続人は母と私なので、相続財産が４２００万円までは相続税はかからないことを知った（２０２１年7月1日現在）。

父は大した流動資産を残しておらず、到底その金額に届くような現金は残っていない。おまけに生命保険にすら入っていなかった。

残る資産は不動産である。金庫の奥から昭和の時代の古い登記済権利証書を引っ張り出して見てみたところ、建物は父の名義だったが、なんと土地は母親のものだということがわかった。代々の土地を、若い頃に祖父から贈与されていたのだ。

実家を売却したくても…立ちはだかるさまざまな壁

帰る人のいない実家なら、お金をかけて維持するよりさっさと売却してしまったほうがいい。そう忠告してくれる人が多かったのだけれど、ここでそれがほぼ不可能だとわかった。なぜなら、認知症という診断のついた母の土地を、家族といえど私が勝手に売ることはできないからだ。

私が実家を売却するには、成年後見制度の1つである「法定後見制度」を利用するしかないようだ。法定後見制度とは、本人の判断能力が不十分になった後に、家庭裁判所によって選任された人が本人を法律的に支援する制度のこと。私ではなく第三者である弁護士、司法書士、社会福祉士などが選任される可能性も高いと聞く。

その場合、私が実家の財産を管理することは一切できなくなり、法定後見人が許可しなければ母の預金を触ることも実家を売却することもできないとわかった。しかも母が亡くなるまで毎月、後見人には月に数万円の報酬が発生するという。

賃貸や民泊に利用したくても条件により売却時の税金に大きな差が

実家を誰かに貸したりＡｉｒｂｎｂ（エアビーアンドビー）などを使って民泊に利用したりしてはどうかという案を出してくれる友人もいた。築45年といえど、軽量鉄骨気泡コンクリート造りの実家はまだ丈夫そうに見える。さすがに水回りの劣化は激しいけれど、一部をリフォームすれば賃貸に出したり民泊に利用したりできそうに思えた。

しかし調べるうち、通称「空き家特例」という相続税に関する特例があることを知った。建物の建築年や特例そのものの期限はあるけれど、親が亡くなったときに家屋や敷地を売却する際、譲渡所得から３０００万円を控除するというものだ。これを利用するとしないとでは所得税の金額にとても大きな差が出てくる。

ただしこの特例を利用するためには、その家に最後に住んでいた人が持ち主、つまり実家の場合は母でなければならないという条件がある。誰かに貸したり私が住んだり事業に使ったりしたら、払わなくてもよかったはずの多額の税金を納めることになるのだ。

……どうすりゃいいのよ。

母が存命中は、このまま実家を維持し続けるしかないのだろうか。私はひとり、頭を抱えてしまった。

手入れする人のいなくなった実家は雑草が生え、どんどん荒れていく

COLUMN

知らないと税金面で不利になる実家売却時のさまざまな特例

実家を所有していた親が亡くなった場合、建物と土地の所有権移転の登記を行わなくてはなりませんが、この手続きは現在、義務化されておらず期限もありません。しかし名義変更を行わないと、時間がたち相続権の所有者が亡くなるなどして権利関係が複雑になっていき、相続時や売却時のリスクがどんどん増大するので、権利を持った人同士で早めに話し合い、手続きしておくほうがいいでしょう。

知っておいたほうがいい制度のひとつに土地を相続するときに相続税を大幅に下げる「小規模宅地等の特例」があります。これは亡くなった人が住んでいた土地、事業をしていた土地、貸していた土地については面積が330㎡まで、一定の要件を満たす人が相続するときに宅地の評価額を最大で80%減額するという特例です。

また、実家が空き家になり売却を検討する場合、1981年5月31日以前に建築された家屋であること、最後にその家に居住していた人が被相続人であり、その後相続人が居住や賃貸用として使用していないなどの一定の条件の下、譲渡所得から3000万円を控除する特別控除（通称「空き家特例」）も利用できる場合がありますが、この制度自体に期限があります。

どちらも条件が複雑なので、自分が当てはまるか専門家に相談することが必要です。

こういったさまざまな制度を知らないと慌てて自宅を賃貸、売却するなどして税金面で不利になりかねません。親の死後に実家の管理や建物と土地をどうするかは早めに情報収集して検討を始めておくのが大切です。

第6章

住む人のいなくなった実家は驚く速さで荒れ果てていった

誰もいなくなった遠い故郷の一軒家を守っていかなくてはならなくなった私に降りかかってきたのは実家にかかるさまざまなお金の問題だったが、それ以外にもあった。

家は手入れしないと傷んでいくということである。

初夏のある日、実家に着いて抱いた違和感

父が亡くなってから月に1回、1週間ずつ実家に帰る生活が始まった。3カ月たち、もう大きな手続きはほぼ終わったと思っていたある日、いつものように空港からバスに乗り、実家に着いたときに違和感を覚えた。

庭に雑草が生えている！　しかも一面を覆うほどに。1カ月前とは全く違う様子に私は驚いた。寒い時期から季節は春、そして初夏へ。花々が芽吹き咲き誇る季節は、望まざる雑草もグングン伸びる季節だったのだ。

実家の土地は約１００坪あり、その3分の2が庭だ。かなりの面積と言っていい。雑草は空へ伸びていたり地面をはうように覆っていたりと、種類によって高さも生え方もまちまちで、誰も庭を手入れしていないことがひと目ではっきりわかった。その荒れた様はこの家に誰も住んでいないという事実を強調していた。

実家を離れてそろそろ30年。いつ来ても庭の雑草に気づかなかったのはなぜだろうと考えて、すぐにその理由に思い当たった。父と母が、きちんと整えていたからだ。

東京ではマンションに住み、たまに帰っては上げ膳据え膳で数日間滞在するだけの私は、一軒家を美しく保つための両親の努力をこれまで全く知らなかった。

塀を越えて隣家や道路にはみ出している庭木

庭の問題は他にもあった。ひと月前には単なる枯れ木だと思っていた木々の葉が、庭一面を暗く覆うように生い茂っていたのだ。しかも若い芽がピンピンと伸びて、その先は隣の家や道路に面した塀を越えてはみ出している。隣の家の一室が覆われており、室内はおそらくかなり暗いだろうと思った。

写真を見て、詳しい友人が「少なくとも4～5年は剪定《せんてい》していないようだ」と言う。実家の庭木の剪定は技術を持った叔父にお願いしていると聞いていた。叔父も親と同じように年を取る。きっと、依頼するにも気が引ける時期が来ていたのだろう。

雑草なら自分でなんとかできそうだ。さっそくその日の夕方から草むしりに取りかかったが、何の備えもしていない私はすぐに蚊にボコボコにされた。故郷には東京ではお目にかからないような凶悪な蚊がいることを忘れていた。5分もすると両腕、足首、首から顎、ほお、まぶたなどが変形するほど腫れ上がり、激しいかゆみがやってきた。私は翌日以降にしっかり備えをして草むしりすることを誓い、早々に庭から退散した。

シルバー人材センターに連絡

庭木もどうにかしなくてはならない。納戸を見ると高枝切りばさみや脚立など自分でも剪定ができそうな道具が保管されていたが、友人がいいことを教えてくれた。地域のシルバー人材センターに頼むとよいというのだ。シルバー人材センターとは、地域ごとに設置された高年齢者の自主的な運営による団体で、60歳以降のリタイア世代がさまざまな業務を安価に引き受けてくれる。

さっそく連絡をしてみると、なんと剪定は1〜2カ月待ちだという。そこで翌月の実家に来る日を伝え、そのスケジュールの中で来てもらうように予約を入れた。

「お父さんと会話しながら剪定しているようでしたよ」

次の月になった。1〜2人の方が来てくださるのかと思っていたけれど、現れたおじさま方は5人と多く、しかもとてもにぎやかだった。剪定はもともとの職業というわけではなく、シルバー人材センターに入ってから訓練するのだという。

「この班はもともと剪定が本職だった人がいるからラッキーだったね」とひとりのおじさまが教えてくれた。しかも、シルバー人材センターに登録した人たちを立派な剪定職人にするべく指導する立場の方がいらっしゃったのだ。朝7時から9時までの2時間で約1万3000円。安すぎて心配になった。庭はさっぱりと明るくなり、きっと隣の家にもしばらく迷惑をかけることはないだろう。

1つエピソードがある。庭木のあちこちに空き缶を利用した鳥の水場がこしらえられていたのをおじさまが教えてくれたのだ。「きっと亡くなったお父さんが鳥のために設置されていたんでしょう。優しい方ですね。お会いしたことはないけれど、お父さんと会話しながら剪定しているようでしたよ」と言ってくれた。

知らない父の一面を知り、私の胸はまたぐっと詰まった。

帰るたびに家の中が暗くよどんだ場所になっていく

荒れていくのは庭だけではなかった。両親がいる間は古びながらも活気のあった家は、もはや私のいない間はぴくりとも空気が動かず、この家が建ってから45年分の目に見えないほこりがあらゆる場所に積み重なっているような気さえした。

掛け時計や置き時計を集めるのが趣味だった父は部屋ごとにいくつもの時計を置いていたが、電池が切れて次々に止まっていった。

父が庭木に取り付けていた鳥の水場

悪臭や虫が家の中に入ってくるのを防いでくれている水道の排水トラップは、1カ月で水が干上がってしまうという。そのせいかはわからないけれど、帰るたびに実家は暗く、ほこりっぽく、臭くよどんだ場所になっていった。

それまでの私は「人が住まない家が傷むなんて、そんな大げさな。使わなくなるだけだから変わりはないはず」と思っていたが、違ったようだ。人のいない実家はどんどん、加速度を増して崩壊へと向かっていく。

いつかニュースで見た打ち捨てられた村の家々を思った。数百年もたてばすべて自然にのみ込まれていくのだろうけれど、その速度は誰もいなくなったことによって速まっていく。必要のないモノを整理して少しずつ捨てている私の作業など到底追いつかないのだろう。

東京と実家を月1回往復…先の見えなさが心身をむしばむ

そろそろ実家を気にかけ通い続けている私の心身が限界に達しようとしていた。

3週間東京で暮らして1週間を実家で過ごすというサイクルは、流行の2拠点生活だと言ってみても、50代半ばの私の身体には大きなダメージを与えつつあった。経済面の問題もあった。毎月、往復の飛行機代と、東京にいない間の猫6匹の面倒を見てもらうためのキャットシッター代がかかるのは、フリーランスとしてひとり暮らしをする私にはかなりの重さの負担だ。

なんとか対策はないかと思い、地元の不動産会社に月に1回の「空き家管理サービス」を申し込んでみたのだが、下見に来て契約日も決まっていたのにその前日に断られてしまった。渋る相手に理由を聞くと、「1階の勝手口のドアが外鍵式ではなく内側から施錠する方式だから、盗難等に責任が持てない」という。

盗難に責任を持ってもらう必要はなく、単純に月に1回の「通気・通水」をお願いしたいだけだと言っても、どうしても引き受けられないと担当者は繰り返した。空き家管理サービスの中に「防犯確認」という項目も入っており、おたくの造りでは責任が持てないのですというのが不動産会社の主張だった。

実家は既にホームセキュリティー会社と契約し、すべての出入り口にセンサーで作動する防犯機器が取り付けてある。万全に防犯を施しているので盗難の心配はほとんどない。それでもだめかと尋ねると、「もし何かがあってホームセキュリティー会社の対処員が家の中に入ってしまうと、盗難に入られたのか対処員が入ったのか見分けがつかないのでさらに管理サービスを契約するのは難しい」とのことだった。

正直言って、この説明では私にはあまり意味がわからない。結局、断られる理由がよくわからぬまま電話が終わってしまった。「防犯に責任が持てない」のが理由なのならば、そもそも空き家管理というサービスはできないのではないだろうか。

やり取りに疲れ果ててしまい、他に同様のサービスを提供している会社に相談する気力を失ってしまった。また下見に来てくれても同じ理由で断られたら、実家に滞在している貴重な時間が無駄に終わってしまう。

私はこれからも無人の家を保守するために、月に1回は身体を酷使し無駄とも思えるお金を使って帰り続けなければならないのだろうか。

いつまで続くか分からない見通しに不安をぬぐうことができずにいる。

COLUMN

空き家放置は問題が山積み 自治体や専門家に相談を

2015年に施行された「空家等対策の推進に関する特別措置法(空家法)」により、空き家の所有者や管理者は適切な管理をすることが義務付けられました。

空き家を管理せざるを得なくなった場合は少なくとも月に1回を目安に訪問したいもの。通気・通水、清掃など屋内のメンテナンスはもちろん、郵便受けのチラシの廃棄、植木の手入れ、草取りなどすべきことが多くあります。自分では訪問できそうにない場合、空き家管理を請け負う地元の業者との契約を検討するとよいでしょう。

空き家は放置すると老朽化や雑草などによる景観の悪化、倒壊や災害時に屋根が飛ぶなどの危険、侵入者が潜み犯罪の温床になる可能性、劣化が早まることによる住宅の価値の低下など、良いことはひとつもありません。空き家の存在を快く思わない人も多いもの。気づかぬうちにご近所の方に迷惑をかけている可能性もあります。

前述の空家法により、管理の状態が悪ければ自治体に「特定空家」に指定されてしまう可能性もあり、その場合、固定資産税が上がる、罰金が科されたりするなど大きなデメリットとなってしまいます。

では賃貸に出せばいいかというと72ページで述べたように後日売却する際に税制優遇が受けられなくなることも。また解体して更地にした場合は固定資産税が上がるなど負担増となります。親が存命であっても認知症になると簡単に売却できないなど、空き家対策は対処が難しいので、有効活用も視野に入れて自治体の窓口や専門家に早めに相談しましょう。

第 7 章

「号泣するなんて恥」父の死を悲しむ自分が許せなかった

納骨を終えてひとりになると、涙が止まらなくなった

実はほんの数カ月で激変した環境に、もっともついていけなかったのは私の心だった。

話は父が死んでいるのが見つかったときのことに遡る。

複数の仕事先への連絡、私が飼っている猫たちを預ける手配、飛行機での故郷への移動、警察署への遺体の引き取り、葬儀会社との打ち合わせ、通夜、そして葬儀、火葬、納骨。次々に訪れるＴｏＤｏリストがかろうじて私の理性を保っていた。

最初は近所に住む叔父や叔母など誰かが付き添ってくれていたが、火葬が終わって解散し、実家に戻るとぽつんと取り残された。

どんどん夕暮れが近づいてくる。コトリとも音がしない。電気をつける人もいない

し、台所で食事の準備をする母の姿もない。つい1週間前までそこに座っていた父の椅子の前に、新聞やコーヒーカップ、眼鏡や時計がそのまま置かれていることにようやく気がついた。コーヒーは飲みさしだった。

ああ、私はこの家にひとりになったんだ。

初めて私の目から涙があふれ、次第にそれは止まらなくなった。自分がこんなふうに泣くなんてこれまで経験したことがなかった。

悲しさ、不安、恐怖、自責。そして「高齢の親は死んで当たり前なのに、それくらいのことを受け止め切れないなんて」という恥の気持ちも大きかった。親が死んで悲しくて不安で号泣したなんて誰にも言えないと思った。気丈に振る舞うことをよしとして生きてきた私は、悲しむ自分すら許せなかったのだ。

これまでの人生、いつも友人の誰かが相談に乗ってくれた

これまで私は多くの友人に恵まれ、人生の折々でいつも誰かが相談に乗ったり愚痴を聞いたりしてくれた。若い頃は恋愛や会社の話、結婚生活や離婚について。そして年を取るにつれて衰えてゆくことへの不安や更年期のつらさ、会社を辞めようと思うことについて。さらにフリーランスとしての仕事について、そろそろ見えてきた老後についてと、内容は移り変わっていったけれど、いつもそこには友人たちがいた。

中には失敗もあった。30代の初めの頃、ひとりの友人に恋愛相談をしすぎて距離を置かれてしまったことがあるのだ。日々湧き起こる葛藤を聞いてほしい私と、生活の時間を容赦なく奪う私に戸惑う友人。ある日ふっつりと、彼女とは連絡が取れなくなった。そうなってようやく、自分が大きな迷惑をかけていたことに初めて気がつくくらい、若い私には目の前のことしか見えていなかった。

それから友人に相談したり愚痴を言ったりすることが少し怖くなった。そこで私は月

に1、2回、勤務先の福利厚生によるカウンセリングに通うことにした。ひたすら傾聴し、受け止めてくれるカウンセラーという第三者に思いの丈を話すことによって、私の気持ちは保たれている感覚があった。何か嫌なことや不安なことが起こっても、カウンセラーに話そうと思えば理性を保つことができた。

友人たちに対してはひたすら、元気で楽しい自分でいることを心がけた。そしてそれが自分自身なのだと自ら思うようになっていった。

長年話を聞いてもらったカウンセラーとの別れ

カウンセリングには15年ほども通っただろうか。一度だけ担当カウンセラーが替わり、その方にもずいぶん慣れてきた頃、私はいよいよ会社を辞める決心をした。揺れ動く心を数カ月受け止めてもらった後、「退職することに決めました」と言うと、カウンセラーは「ついにこの日が来てしまったのですね」と静かに言った。

カウンセラーは職業倫理上、時間外にクライアントと会ったりコミュニケーションを取ったりすることができない。退職はカウンセラーとの別れでもあり、私が自分の心を自分自身で受け止めていかなければならない日々の始まりでもあったのだ。

カウンセリング料金を自分で支払おうと思うとその価格設定は高額だ。これからフリーランスとして食べるだけの収入を得ていくことができるのだろうかと不安を抱えていた私には、その料金が毎月、支払えるとは思えなかった。

そして、全くの第三者が良い悪いのジャッジをせず意見を挟むこともなく私の話だけをひたすら傾聴してくれる場を失うことになった。

日本でグリーフケアが広がらない訳

友人たちに決して大きな負担をかけてはならない。でも自分だけでは父を孤独死させてしまった悲しさと不安、恐怖と自責を受け止めることができない。私はまずインターネットに頼った。子どもの頃に暮らした部屋を真っ暗にして、親が死んだときや認知症になってしまったときの心の持ちようを解説している記事や論文を探してみた。

しかし、なかなか解決策を見つけることはできなかった。家族や親しい人の喪失を体験した人をケアし、立ち直りを助け、希望を持つことができるようにする手助けを「グリーフケア」と言うが、米英では主に医療機関によって行われるこの活動は、日本ではまだほとんど行われていないに等しいのだった。

理由は、これまでの日本でこうしたケアを担ってきたのは家族などの近親者であり、地域社会であったからだ。私には認知症になって施設に入っている母の他に家族もいない。また住民がどんどん入れ替わっていく住宅地にある実家の周囲には、地域社会と呼べるほどのつながりもなかった。

父には行きつけの病院があったわけでもなく、介護保険でヘルパーに来てもらっていたわけでもなく、本当に不意に自宅で死んでしまったので、そういったコミュニティーからもこぼれ落ちていた。

グループメッセージで友人たちに恐る恐る告白、すると…

私はやはり友人たちに頼ることにした。しかし誰かに負担が偏ることを避け、たくさんの人に少しずつ受け止めてもらおうと思った。

そこで、普段やり取りをしている友人たちとのグループメッセージに、父がひとりで死んでいたこと、急な葬儀を終えたこと、つらくて悲しくてこれからどうすればいいか途方に暮れていることなどを恐る恐るつづってみた。

友人たちは次々に反応してくれた。お悔やみの言葉をくれる人。何か助けになることはないかと聞いてくれる人。実は自分も近親者の死でつらい経験があると話してくれる人。私からすれば恥ずかしいとすら感じる告白だったのに、受け止めてくれて本当にうれしかった。今の状態を知ってもらうだけで少し気持ちが楽になっていった。

中でも感謝しているのは、実家に滞在中毎日、寝る前に電話をかけてくれた友人と、毎日、今日はどうしているかと尋ねる短いメッセージを送ってくれた友人だ。誰かに気にかけてもらっている。それだけで私は救われた。

「誰かが入院したり困ったりしているときは、一度だけ行って長時間いるのではなく、5分でいいから毎日、顔を出すほうが相手はうれしいものなのよ」と言って、親戚の入院先やひとり暮らしの友人の家に車を飛ばして駆け回っていた母のことを思い出した。

本当だったよ、お母さん。ちょっとだけでも毎日、気にかけてくれる人がいると、とても心強いよ。

今までの私は、誰かが悲しんでいるときにどう接していいのかわからなかった。連絡をすると相手を傷つけるのではないかとも思っていた。これからは、友達のSOSを感じたら「話したくなったらいつでも連絡してね」とそっと伝えてみようと思う。

母との思い出の写真

COLUMN

親を失った悲しみを癒やす グリーフケアの考え方

家族が少なく地域のつながりも薄い現代、親を亡くした際の悲しみをケアする社会的な体制はまだあまり整っていません。

そこで英国のグリーフケア（身近な人との死別の悲しみを受け止めまた日常生活に戻れるよう支援すること）の専門機関「Cruse」（https://www.cruse.org.uk/）による対処法を紹介します。

1．亡くなった人との思い出やあなたの気持ちについて他の人と話しましょう
2．自分を大切にしましょう。たとえ眠れなくてもきちんと食べて十分な休息をとりましょう
3．悲しむための時間と許可を自分に与えましょう
4．必要だと感じたら助けやサポートを求めましょう
5．自分が何を必要としているかを人に伝えましょう

逆に、避けたいのは次のような行動です。

1．孤立する
2．感情を封じ込める
3．助けを必要としている自分は弱いと考える
4．対処に苦労していることに罪悪感を感じる
5．薬やアルコールに頼るなど無謀な行動を取る

肉親を亡くすのはつらくて悲しいことです。誰にもその悲しみを制限する権利はありません。中には「親が死んだくらいでいつまで悲しんでいるの」と言う人も出てきますが、そんな人とはそっと距離を置きましょう。何よりも大切なのはあなたの心を守ること。人にはレジリエンス（立ち直る力）があります。今すぐは難しくても、いつか力強く立ち上がれる日が来ることを信じてください。

第 8 章

私には
緊急連絡先がない
ひとり老いてゆく
未来を考えた

仕事先で不意に直面、私の「緊急連絡先」は？

父が死んでいた真冬から、東京の自宅と実家を往復する以外ほとんど外出しない日々が続いていたけれど、春先からほんの少しずつ得意ジャンルの1つである「旅」に関する取材やリポートの仕事が入り始めた。

あるとき、旅先でＳＵＰヨガの取材をすることになった。ＳＵＰとはスタンドアップ・パドルボード（Stand Up Paddleboard）の略称。サーフボードの上に立ち、パドルを使って海や湖などを進むアクティビティのことだ。ＳＵＰヨガはこのボードの上で行うヨガのこと。予期せぬ事態が起こる可能性もあるので、体験前に誓約書へのサインや緊急連絡先の記入などが求められる。

この誓約書の記入の際に手が止まってしまったのだ。私に何かが起こったとき、知らせれば駆けつけてくれる人はもはや誰もいない。施設に入っている母の部屋には携帯電話が置いてあるが、母は既に電話を受けることもかけることもできない。いったい誰の名を、どの連絡先を書けばいいのだろうか。

取材先という思いがけない場所で気づいたことに、驚くほど動揺した。事情を知る取材仲間がそんな私を見て、自分の家族の連絡先をそっと書いてくれた。これからもきっと同じようなことがあるだろう。そのときどうすればいいのだろうか。

川べりでのSUPヨガ取材。この日はあいにく冷たい雨だった

40歳を超えたとき、初めて賃貸物件の入居を断られた

思い返してみれば、以前にも似たような経験をしていた。それは40歳を超えたときのこと。既に離婚し独身ひとり暮らしだった私は、当時住んでいたマンションの隣の敷地に大きな建築物を建てる工事が始まったのをきっかけに、引っ越すことにした。

東京の賃貸マンションは通常、2年ごとに更新料が発生する。家賃の2倍もの更新料を払って同じところに住み続けるより、引っ越して気分を変えるほうがいいからと、私は更新のたびに違う場所に転居していた。そのときには既に、東京に出てきて12軒目の家に住んでいたところだった。

転勤を伴う父の仕事の都合で幼い頃から引っ越しが多く、住む場所を変えることに抵抗がないのも影響していると思う。いらないものを捨てて新しい場所に移り住むスタイルが気に入っており、そのときも次に住みたい街で部屋を探し始めた。ところが、申し込みをすると断られてしまったのだ。初めてのことだった。

会社員として既に10年以上勤務しており、ある程度の年収もあった。それでも断られた理由を聞くと、「40歳を超えて独身ひとり暮らしの女性であることと、年金暮らしで遠く離れた場所に住む親御さんでは保証人として不十分だから」と告げられた。そして次々と3件もの賃貸物件の所有者に入居を断られた。

「このままもっと年を取ると、さらに部屋を借りるのが難しくなるかもしれない。年金暮らしの親しかいない中年独身の私は、東京で暮らしていけなくなるのではないか」。急に不安になり、分譲の中古マンションを慌てて探し、ローンを組んだ。

同世代の独身の友人たちはどうやって住む場所を確保しているのだろうと思い、聞いてみると「そういえばきょうだいを保証人にしているなあ」という人が多かった。そうだったのか。身元を保証してくれる兄弟姉妹がいないのは、結構不便そうだと感じた。

ひとりで老いて死んでいくことはそんなに罪なのか

友人たちに緊急連絡先がなくて困ったと話すと「互いに緊急連絡先として電話番号を登録しておこう」ということになった。当面の急場はこれでしのげるかもしれないが、私がもっと年を取り、認知能力が落ちて意思決定が難しくなったらどうすればいいのだろうか。早いか遅いかはわからないけれど、いずれ必ず私も死んでしまう。そのときの実家は。ローンの残ったマンションは。一緒に住んでいる猫たちは。

私は自分がひとりきりで老いて死ぬことについて何も考えていなかった。

数年前にとあるインタビューを受け、その記事がYahoo!ニュースに転載されたことがある。50代独身で、猫と暮らして十分満たされており、今後パートナーも特に必要とは思っていないという私の発言が書いてあるその記事のコメント欄には、「それは結構だけれど、孤独死して周囲の人に迷惑をかけないでくれ」「将来介護保険を使いまくって若い世代に負担をかける気か」という内容がずらりと並んだ。

そのときはコメントにあまりリアリティーを感じていなかったが、父の死とその後のさまざまな手続き、また施設に暮らす母の遠距離介護、そして誰もいなくなってしまった実家の保守や整理などを今、一手に担っているのは私だ。私にはそんなことをしてくれる人はもはやいない。

ひとりで老いて、死んでいくことはそんなに人様に迷惑をかけることなのだろうか。

東京の自宅。慌てて中古で買ったマンションだけど、とても気に入っている

きょうだいも、夫も、子どももおらず生きて、死んでいくのはそんなに罪なのだろうかと考え込むことになった。

誰でもひとり暮らしになる可能性がある

調査によると、日本の全世帯のうち約半分に65歳以上の人がおり、その中でも65歳以上のひとり暮らし世帯は約3割にのぼる。男女の割合は女性のほうが多く、高齢者ひとり暮らし世帯の7割近くを占めることがわかっている（厚生労働省、２０１９年国民生活基礎調査より）。ひとり暮らしの人はすべてが独身者というわけではなく、家族と離れて住んでいたり、夫と死に別れたりした人もこの中に入っている。

誰しも将来ひとり暮らしになる可能性があるのだ。

このまま生き延びていくことができれば、いずれ私も高齢者になりこの中に加わることになる。そのときにはもっとひとり暮らしの人の数も割合も増えていることだろう。

最近、スーパーのレジでどう支払っていいかわからず、財布から現金を出したりしまったりを繰り返したのち一万円札を差し出す高齢者がいた。また、空港にバッグを置き忘れて飛行機に乗ってしまい、ＣＡに「降りたらこの番号に電話をして確認してください」と何度説明されても理解できない様子の老いた人を見かけた。明日の私の姿だと思う。

「生きているうちは、生きていかなくちゃね」

身の内に修羅を抱えたまま、ほとんど何も話さずじっと窓の外を見つめ続ける母を見舞っていると、生きていくことの意味を考える。私は実家も人生もすべて整理して、誰にも迷惑をかけずきれいに死んでいくことができるのだろうか。大きな問いを抱えたまま、今日も目の前のことに追われてあっという間に1日が暮れてゆく。

「生きているうちは、生きていかなくちゃね」

認知症で入院した当初は自分がそういう状態になってしまったことを嘆き、死にたい死にたいと言っていた母が次第に状況を受け入れ、ぽろりと口にした言葉だ。そう。生きているうちは、なんとか生きていかなくちゃね。自分にそう言い聞かせている。

我が家にもともといた2匹のノルウェージャン・フォレスト・キャット

COLUMN

おひとりさまの老後や死後に活用できる支援サービスも

家族がおらず、あるいはさまざまな事情によってひとりで老後を迎えて死ななければならないとなったら早めに準備をしておきましょう。必要なことには、存命中の安否確認、施設入居や入院の際の身元保証人、財産管理を代行してもらう事務委任契約、認知症などで判断能力が不十分になった場合の後見人を決めておく任意後見契約、死後の届け出や葬儀・納骨の手続き、遺品整理などを任せる死後事務委任契約などがあります。

これらをひとつひとつ事前に自分自身で誰かに頼んでおくことは難しく、解決法として注目されているのが元気なうちに代行を取り決めておく「生前契約」です。主にNPO法人や財団法人などの民間団体が提供しており、サービスはパッケージになっていますが、基本費用が約100万円からと高額で、オプションをつけるとさらに金額が上がります。また、契約すると毎年年会費や手数料がかかる場合が多いので、説明会などに足を運んでよく確かめ、周囲の人にも客観的に意見を聞くなどして慎重に検討しましょう。行政書士や弁護士なども生前契約を手がけている場合がありますので、聞いてみるのもいいでしょう。

近年は自治体の支援サービスも広がりつつあり、例えば東京都の外郭団体である東京都防災・建築まちづくりセンターの「あんしん居住制度」では見守りサービス、葬儀の実施、残存家財の片付けを提供しています。ただしこの制度では施設入居や入院の際の身元保証人にはなってもらえません。今後制度拡充が望まれる分野なので常に最新情報を得ておきましょう。

第 9 章

無人の実家に通いながら考えた、これからの仕事のこと

未知の世界へ向かう「移動」はあんなに楽しかったのに

月に1回東京から飛行機に乗って実家へ行き、1週間滞在してまた帰ってくる。こういう生活を始めてもう10カ月がたとうとしている。

旅を趣味、そして仕事の1つとして、これまで世界40カ国余りを歩いてきた。若い頃は未知の世界に出合うための過程として楽しみで仕方なかった「移動」も、年齢を経ると負担のほうが大きくなってくる。ましてや、同じ場所への毎月の飛行機での往復は、何か楽しみが待っているわけでもなく、心身への疲れを少しずつ積もらせていった。

月に1回実家に滞在しようと決めたのは、母との面会のため、実家の風通しのため、庭の雑草の手入れのため、もう誰も着ることのない衣服や使うことのない食器の処分、そして膨大に残された父の遺品の整理のためだった。

何かを捨てることを極端に嫌った父は、さまざまなモノを残していた。それは自身の部屋のみならず、他の3つの部屋をほぼ占めるほどになっていた。

私が生まれた頃からあるコロムビアのステレオ、ナショナルのテレビ、幼い頃に座っていたソファ、小さなアパートに住んでいた頃に使っていた水《みず》屋《や》箪《だん》笥《す》、ギター、一時期流行したボウリングのボールとピン、趣味にしていたアマチュア無線の無線機……。

着道楽でもあったので、三畳間に何本か渡した突っ張り棒にぎっしりと服がかけられ、クローゼットと化していた。カジュアルな普段着から数十年前に作ったスーツ、定

ぎっしりとモノが置かれ、物置状態になっている実家の部屋

年後の趣味だった社交ダンスの衣装、バイクに乗るためのツナギ。

これらを処分し、「まだ父が生きていれば」という未練に少しずつケリをつけていこうと思っていたのだ。私が今後ひとりで生き延びていくためにやっておかなければならない儀式のようなものと考えていた。

何度帰省してもモノの整理が進まなかった理由

ところが、何度往復してもいっこうにモノの整理が進まない。倉庫と化した部屋は乱雑なままだし、服はあした着られるのを待っているかのようにそこにかかっている。理由はわかっていた。私は実家でもずっと仕事をしていたからだ。

急速に進んだ仕事のオンライン化で、フリーランスの私の仕事もほとんど外出することなく、あるいはどこにいても完結できるようになり、1年余りが過ぎていた。月に1回、1週間実家に滞在できるのもこのおかげだった。

ただ、日々何らかの作業が発生するクライアントとの契約があり、ほんの数日であっても完全に自分のためだけに時間を確保するのは難しかった。土日は平日では終わらない作業に充てていた。

朝起きて朝食を取る。ノートパソコンに向かう。作業や会議を行う。昼食を取った後は車を運転して母の施設に向かい、短い面会をする。帰宅し、また作業や会議を行う。暗くなってきたら夕食を取り、残った作業をしながら眠くなったらベッドに入る。

なんだ、東京にいるときと何も変わらないじゃないか。

実家に場所を移しただけで、私の生活はほぼいつもと変わりなく仕事を中心に進み、整理どころか自分のデスクのある部屋以外の場所に足を踏み入れる時間すらなかった。母の施設に行くことがむしろ仕事の妨げになるとすら感じていた。

これでは定期的に実家に行っている意味がない。

もし私が仕事を長期間休まなければいけなくなったら

ある日、クライアントのチームのうちのひとりが、家庭の事情で1カ月休むことになったと連絡を受けた。もちろんチームは複数人いるので何ら支障はないのだけれど、これが私だったらと考えて初めてぞっとした。

施設に入居している母の容体が悪くなり、いよいよ末期だとの連絡があったら。面倒を見ている6匹の猫たちのうち1匹でも何か重い病にかかったら。何よりも、今は健康だと信じている自分の心身に何か不調が起こったら。

スタッフはおらずアシスタントを雇うほどでもなく、ひとりでフリーランスとして仕事をしている以上、私には遊びはもちろん、どんな事情であろうとまとまった休暇は取れなかった。そんなものだと思っていた。

自由に時間を使いたい、自分が自分のボスでありたいと思って会社を辞めてフリーランスになったはずなのに、私はまた会社員のときと同じようなスタイルで仕事をし、自分を縛っていたのだ。しかも会社というチームではなく、ひとりで責任をすべて引き受けなければならないことにも気がついていなかった。このままでは、たとえ死んでしまおうともその瞬間まで時間などつくれないのだと悟った。

自分の働き方について何の疑いも持たなかったのは、私自身なのだった。

幸せに近づくきっかけを届けたくて始めた雑誌の仕事

まだインターネットが世の中になかった頃に雑誌のエディターとして社会人を始めた私は、そもそもなぜこの職業に就きたかったのか。それは「誰かのあしたを幸せな方向に変えるきっかけをつくりたい」からだった。

印刷された小さな紙の向こうに広がる無限の世界。田舎の少女だった頃、雑誌は見知らぬワクワクする出来事をたくさん教えてくれた。好奇心がいっぱいなのに校則や親の意向で行動範囲が限られていた私は、雑誌によって多くの瞬間を救われたのだ。

送り手になることで誰かのあしたをほんの少し変えて、幸せに近づくきっかけが作れたら。そういう思いがあふれてやまず真っすぐにエディターを志し、心から喜びを感じながら長年その仕事に励んできた。

インターネットの登場によって雑誌は売れなくなっていき、流れに任せるようにして始めたウェブ編集はＰＶ数とＳＥＯ（Search Engine Optimization＝検索エンジン最適化）至上主義の世界だった。数を取らないと即座にＮＧとジャッジされる日々は、誰かのあしたを変えるためではなく、人々の瞬間的な好奇心を満たしたり、クライアントのモノやサービスが売れるためにあった。実家との往復で積もっていると思っていた心身へのダメージは、そんな日々に疲れ果てた私の心の叫びだったのかもしれない。

またここから始めればいいのだ

改めて父の残したモノを眺めてみた。人が生きてきた気配がそこにあった。手つかずだった和室の押し入れや天袋も開け、何が置いてあるか確認した。母が好んで着ていた服ばかりが収められている箪笥の引き出しもひとつずつ改めた。

ぎっしりとモノが置かれた部屋のカーテンと窓を開いた。向かいの父の部屋のドアと窓も開けると風が通り抜けた。

よそ行きの服を着た母が「早く準備して行きましょう」と言っている声が聞こえる気がした。「ちょっと待ってよ、僕の準備がまだ済んでないよ」と父が答えた気がした。「何を着ていこうかな」と私は答えた。車のエンジンがかかる気配がした。

「誰かのあしたを幸せな方向に変えるきっかけをつくりたい」

人生の折り返し地点をとうに越えた私は、急いで自分の時間を取り戻す必要がある。そのために何ができるだろう。ふとひらめいたのは、今の職業にこだわらなくていいのではないかということだった。

少女時代、まさにエディターになろうと決心したその場所で、私は自分を縛ってきた思いを解き放ち風に流れるままにした。またここから始めればいいのだと思った。今までないがしろにしてきた自分を大切にすることから始めようと決めた。

さて、これからどこへ行こうか、父よ母よ。

父の部屋の戸棚から出てきた人形

COLUMN

急に始まる親の介護 今から早めの情報収集を

親がずいぶん弱ってきた、あるいはつじつまの合わないことを言うなど様子がおかしいというときにまず相談すべきなのは「地域包括支援センター」(自治体によって名称が異なる場合もあります)。地域内で高齢者を支えるケアシステムの中核機関として、原則1つの市区町村に1つ設置されています。対象地域に住んでいる65歳以上の高齢者、またはその支援のための活動に関わっている人が利用できます。親と離れて住んでいる場合でも親の居住区のセンターが相談窓口となります。

地域包括支援センターが担う業務は「介護予防ケアマネジメント」「包括的・継続的ケアマネジメント」「総合相談」「権利擁護」の4つ。介護、医療、権利擁護の専門家が在籍し、高齢者の生活上の困りごとの相談に総合的に乗ってくれます。家族に限らず友人や近所の人でも相談可能。利用は無料です。親が元気なうちから場所と連絡先を調べておきましょう。

いざ親の介護が始まったときに可能な限り避けたいのは介護離職。会社員の場合は勤務先の介護休業制度やリモートワークを利用し、その間に介護保険サービスを利用して親をケアする態勢をしっかり整えましょう。

介護保険サービスを利用するためにはまず要介護認定を受ける必要がありますが、「要支援」なのか「要介護」なのか、またその段階によって受けられるサービスが違います。認定を受けたり態勢を整えたりするのには時間がかかるので、初動は早めに。親と遠く離れて住む人も遠距離介護は可能です。今から情報収集しておきましょう。

第10章

一番仲良しの叔母が亡くなった そう知った認知症の母は

重い気持ちでスマートフォンのアプリを立ち上げ、施設にいる母の部屋に置いているスマートスピーカーにつなぎ、ベッドに横になった母がまばたきをしていることを確認してから声をかけた。

「起きてる？」

「うん、起きてるよ」

返事が返ってきた。少し調子が良さそうだ。今日は母に告げなければならないことがあった。ひとり暮らしをしていた叔母が急死したのだ。

亡くなった叔母は母を含めた5人姉妹の末っ子だった。家が近いこともあり母が一番仲良くしていた人だ。実家を出ていって30年余りたつ娘の私よりも叔母と過ごす時間のほうが長く、母はよく帰省してきた私を叔母の名で呼んだのでお互いよくそのことで笑い合っていた。

そんな叔母が、母より先にこの世からいなくなってしまった。

携帯電話の使い方がわからなくなった母

初夏に高齢者施設に入った母のために私は母の部屋にＷｉ－Ｆｉ環境をつくり、カメラ機能のついたスマートスピーカーを置いた。手元のスマートフォンから母の様子を見ることもできるし、話しかけることもできる。

施設に入る前に母は既に自分の携帯で電話を受けることもかけることもできなくなっていた。「なぜだかわからない」と本人は言う。

「お母さんは、電話のかけ方も受け方もわからなくなってしまったよ。どうすればいいのかわからないのよ」

コミュニケーションが不十分なまま父を孤独死させてしまったという思いの強い私は、母とはなんとか日常的に話ができるシステムをつくりたいと思っていた。普段使っているスマートフォンのビデオ通話にも、通話を開始する側がつなげたいときにつなぐことができる自動応答機能があるので検討したが、そもそも母はスマートフォンを持ち上げることすらできない。

その点、スマートスピーカーは自立しており、棚の上に置いておけばよい。また、リモートで回転させると部屋の様子をぐるりと見渡すことができるので、生活の様子が把握しやすいと考え最終的にこちらに決めた。

施設に入った母が心配していたのは…

母が病院から施設に引っ越しをする日だけ、私は荷物の搬入のために部屋に入ることを許されていた。そこで据え置き型のＷｉ－Ｆｉのルーターとスマートスピーカーを取り寄せ、あらかじめ入念にセッティングしておいてから当日持ち込み、設置した。それからほぼ毎日、返事がなくとも母と短い会話をするようにしている。

叔母に病気が見つかり、手術を受けた後に転院したことは既に母に伝えていた。なかなか退院できない叔母のことを母はとても気にしていた。

「本当なら私が一番に飛んでいって世話をしなくちゃならないのに」と、自分の心身が思うようにならず施設から一歩も出ることができなくなったもどかしさを悔やんだ。スマートスピーカーをつなぐと「妹はどうしているのか」「退院はまだか」と何度も聞かれた。私自身も直接、叔母に会って伝えたいことがあった。

実は死んでいた父の第一発見者はこの叔母だったのだ。

叔母は、ひとり残された父を気遣ってくれていた

叔母は母が倒れて入院してからも実家に残された父のことを気遣い、時折様子を見に行ってくれていた。実家には柿の木があり、秋になるとたわわに実をならせる。父はその実を落とそうとして転倒し、頭に流血するケガをしたことがある。

病院になど行かないでいいという父を説得し、数度にわたる通院に叔母は付き添ってくれたそうだ。どんどん痩せていく父を見かねて私に電話をかけ、お父さんはちゃんと食べているのだろうかと心配もしてくれた。

父の葬儀の後にも私を力づけようと得意のキャロットケーキを焼いて持ってきてくれた。翌日には熊手や鎌を持って現れ、冬の落ち葉の散乱した庭をきれいに片付けてくれた。母が病院から施設に引っ越した日も面会に来て、なかなか反応の引き出せなくなった無表情な母に辛抱強く話しかけてくれた。

母の引っ越しの日「私の家に行ってお茶でも飲もうか」と叔母に誘われたのだが、疲れていた私は「別の日にしようか、今日はこのまま帰るよ」と答えた。叔母は車を運転して自宅へ帰っていった。私は途中まで同じ道を、先になり後になりながら、あぶなっかしい運転を見送って途中で分かれ道にハンドルを切った。

それが叔母と会った最後の日になってしまった。あのとき、そうしようかと言って叔母の家に行っていれば。私は父の生きた最後の日々の様子と、死んでいる父を見つけたときのことを聞いてみたかった。何よりも、我が家をあたたかく見守ってくれたことへの感謝をきちんと伝えたかった。

「姉さん、元気でね、元気でね」

叔母が亡くなる1週間前が母の誕生日だった。帰省して施設に面会に行った私は思い切って入院中の叔母に電話をかけ、母の目の前にスマートフォンを置いてみた。調子の悪いときには何の感情も表さず、ほとんど口を開くことのない母はその日もずっと黙っていたけれど、かすれる叔母の声が聞こえたとたんに話し始めた。

「元気なの？」

「姉さん、私、まだ入院しているんだよ」

「その声を聞くと、あんまり元気じゃないみたいね」

「うん、姉さんは元気？」
「私は元気よ」
「そう、姉さん、元気でね、元気でね」

これが最後に聞いた叔母の言葉だ。

叔母の死を伝えた数時間後、1本の電話がかかってきた

叔母の死のことを私から聞いた母は黙っていた。何を感じたのか。わかったのか、わからなかったのか。数時間後に施設の職員さんから電話がかかってきた。「お母様が食事を一切、召し上がりません。妹が亡くなったのでつらくて食欲がないとおっしゃっていますが、妄想かしらと思って確認のためお電話してみました」と言う。

そうか、母にはちゃんとわかっていたのだ。

つらいね、お母さん。でも自分でいつか言ったことを思い出してほしい。「生きているうちは、生きていかなくちゃね」。どんな役割があるのかわからないけれど、生きているうちは、生きていかなくちゃね。お母さんも、私も。

第11章

故郷を遠ざけてきた私を、友人たちは近くで支えてくれた

20代の私は、東京に出ていくには何もかも捨てなければならないと思っていた。保守的な土地柄ということもあり両親に地元の大学の受験しか許されず、卒業した後に小さな会社でタウン情報誌を編集していたときのことだ。

雑誌を作ることにあこがれ、東京発の雑誌を読んでは原宿や下北沢、パリやニューヨークという地名にワクワクしていた学生時代、全国でタウン情報誌ブームが起こった。地元でも創刊され、街を歩いていると手渡されたその雑誌を見て驚いた。

これまで見知らぬ土地の見知らぬ文化を教えてくれるだけだった雑誌に、自分の知る街や人が載っているのだ。同じように思ったのは私だけではなかったのだろう。そのタウン情報誌は「地域で読んでいない若者はいない」とまで言われるほどの大部数を発行するようになった。私も毎号、発売日を心待ちにして隅々まで欠かさず読み、読者欄に投稿が掲載されたりもした。

地元で充実した日々、突然頭に浮かんだ「東京」

大学生時代にひょんな縁でその編集部で仕事をするようになり、雑誌作りの面白さを知った私は入社試験を受けてそこに就職した。実家から通える範囲で就職してほしいという両親の意向にもかなっていた。

女性が４年制大学に進学するのを反対されることもあるほどの時代と土地柄で、もし進学して卒業した場合は公務員か教師になるのが最高のゴールと見なされていた。民間の小さな会社に入るという選択は、せめてもの意思表示だったのかもしれない。

見知らぬ世界にどんなに憧れを抱いていたとしても、日々の生活はだんだん肌になじんでゆく。会社の若い同世代の仲間たちとの日々は楽しく、夏は海にシュノーケリング、冬は山へキャンプにと、仕事と遊びがごちゃ混ぜになった数年間を過ごした。

私の生活ってこんなものかな、こうやって人生が過ぎていくのかなと思っていたあるとき、急に東京で仕事がしたいと考えるようになった。雑誌のエディターとして情報の送り手になってみたことで、もっと多くの人に向けて何かが届けられるのではないかという自信がついてきたからかもしれない。また、親の言いつけに従ってばかりだった人生をそろそろ変えたくなったからかもしれない。

25歳まで実家にいたのだから、そろそろ自分の好きにしていいでしょう。そうたんかを切って、何の当てもなく東京に行くことを決めた。東京は遠い遠い場所だった。そこで暮らしていくと決めたからには、すべてを後にしてもう戻らないと決心する必要があった。それくらい大きなことだった。

小さなアパートを借り、最初はアルバイト生活から始めた。必死でイントネーションを修正し、仲間との連絡を絶ち、同じ出身地の人とは可能な限り会わないように暮らした。念願かなってあこがれていた出版社の中途採用試験に合格し、女性誌のエディターになった。おしゃれなものに囲まれ、最新のレストランに出かけてハイヒールを鳴らして歩く日々は、私のちっぽけな自尊心を満たした。方言で話す親と話すのが恥ずかしくてたまらず、できるだけ電話などかけてくれるなと言い放った。

地元の友人たちにはもう頼れないと思っていた

会社を辞めて中年期を迎え人生に陰りが見えてきたとき、突然、親のいなくなった故郷の実家の維持と遠距離介護をしなければならなくなった。悲しみと同時に、あまりにも泥臭く重い現実が目の前に現れ、どうしたらいいのかわからなくなった私は結局、中途半端だった。何を成し遂げることもできず、ただ都会の人間ぶって生活してきたあげく、仕事では何の結果も出せず次世代を担う家族をつくることもなく、孝行もせぬまま親が弱って、死んでゆく。

そう感じていたときに、かつて故郷で一緒に仕事をしていた仲間たちや、東京で知り合ったのち同じ故郷に帰った友人たちが声をかけてくれたのだ。黙々と部屋の片付けを手伝って夕食を一緒に食べてくれたり、近くの温泉施設に連れ出してくれたりした。家にじっとひとりでいるのは良くないからと、近郊の宿へと小さな旅に連れていってくれた人たちもいた。車を出して、取り残された猫たちを空港に運んでくれた。実家の郵便受けを見に行ったり部屋の風通しに通うよと申し出てくれたりもした。

そこには会わなかった日々のブランクは全くなかった。互いにシワや白髪が増えたけれど、以前と同じ顔をした、いや、さまざまな人生の出来事を乗り越え、たくましい顔つきになった友人たちがそこにいたのだ。

世間には、親の死や介護に際してきょうだいや親戚と難しい関係になってしまう人も多いと聞く。しかし、私のように独身でひとりっ子だと、もめない代わりに相談する人もいない。経験したこともない出来事に遭遇し、次に何をすべきか自問自答するしかなく、すべての結果に責任を持たなくてはならない。ミッションに立ち向かうのは自分自身だけれど、何か支えになるものが必要だ。

地元の友人たちにはもう頼れないと思っていたのは私だけだった。貴重な青春の日々を共に過ごしてきた仲間たちや、さまざまな事情で故郷に帰った人たちが今また近くにいてくれる。そのことに心から感謝し、いつか私も誰かの支えになれればと思っている。

第 12 章

父の死が紡いでくれた新たな「縁」生きてゆく力になる

父の葬儀で25年ぶりに年上のいとこと再会

ある晴れた休日の昼、私は目黒川の見えるレストランで8歳年上の女性と向かい合っていた。彼女は私の父方のいとこで、こうやって会うのは25年ぶりだった。

母方の親戚とは、皆、住まいが近いこともあり折々に顔を合わせて育ってきたが、少し距離のある父方の親戚とはどうしても疎遠になってしまった。幼い頃に会ったきり、その後はごくたまに慶事や弔事で顔を合わせる程度だった。

そのいとこは、特に女性は地元にとどまりがちな保守的な故郷から、私よりうんと早くに東京に出て、華やかなエンターテインメント業界で責任を持って働いてきたワーキングウーマンだった。堅い仕事の多い親戚筋の見えぬ慣習を吹き飛ばし、東京で活躍する彼女に私はひそかにあこがれていた。

私もあこがれの出版社で雑誌のエディターになれるかもしれない。そう信じて25歳で思い切って東京に出ることを選んだのも、彼女がつけてくれた足跡をどこかでたどったところがあったのだろう。

とはいえ、普段からやり取りをしていたわけではない彼女とは、私が東京に出てきてすぐに一度だけ食事を共にした後、特に連絡を取り合うことはなかった。自分は自分の道筋をつけるのだと、若い私がひとりで踏ん張ろうと決めたからだと思う。

父の葬儀で久しぶりに再会し、半年余りたった頃にランチに誘ってくれた。皿に盛ら

いとことランチをした日の目黒川の風景がとても美しかった

れた美しい料理をいただきながら、既に両親とも亡くなった彼女と、お互いの来し方行く末についてとりとめもなく話す。とっくにこの後の生き方を決めている年上の女性を、私は頼もしく誇らしく感じた。

対等に話せるようになるまで25年かかったのだなと思った。でも父が死んでいなければ、おそらくこうやって再び会うこともなかったのだ。

ひとときでも、心を寄せてくれる人がいる

父の葬儀から母の施設入居までは、次から次に訪れる手続きや準備に息をつく暇もないほどの日々を過ごし、ふと悲しさと不安に襲われるときもあった。仕事との両立で常に頭はいっぱいだったけれど、そんな中でも礼を欠いてはならないと私はなんとか香典返しの準備をした。

東京の家の近所にある大好きなパティスリーに相談し、詰め合わせを作ってもらっ

た。御礼のカードには一度見たら忘れられない癖字で父が書き残していた「ありがとう、楽しかったね、ありがとう!!」という手書きのメッセージを印刷した。

正直なところ、会葬名簿や香典袋を見ながら宛先を書くのは、まだ父の死を客観視できていない私にはとてもつらい作業だった。けれど、お菓子が届いた後に多くの人から電話をもらい、話ができたことがとてもうれしかった。

ある人は父の若い頃のエピソードを教えてくれた。ある人は自分が定年退職後に何をして過ごしているかを話してくれた。ある人はこれからの私について尋ね、話に耳を傾けてくれた。私の携帯の番号をちゃんと登録しておくから、何かあったら連絡ちょうだいねと言ってくれた人もいた。緊急連絡先は自分にしておいてくれていいよと言ってくれた人もいた。

みんなみんな、私にとってはちょっとだけ遠くて、久しぶりの人ばかりだった。

ほんのそのとき限りでも、こうやって心を寄せてくれる人がいる。これから先、いつでも私はそのことを思い出せる。この先の人生で、またその人と言葉を交わすことがあるかどうかはわからないけれど、一度だけでも私を思い連絡をくれたことがこれからの私の大きな力になる。それだけは忘れないようにしようと思った。

「悲しみを経験しているのは私だけではない」

悲しみや自責を自分ひとりで抱え切れず文章にして発表したことで、友人や、また見知らぬ多くの人から連絡をもらうという貴重な体験もした。ある人はコメント欄で、ある人はＳＮＳのメッセージで直接言葉をくれた。

それがあなたとお父様の距離だったのだから、お父様も納得しておられるはずだと言ってくださった方もいた。自分をもう責めるだけ責めたのだろうから、あしたはまた立ち上がって生きていきましょうと力づけてくださった方もいた。

自分も実は似たような経験をしたけれど、なんとか今は元気で生きているよ、だからきっといつか今より少し楽になれる日が来るよと、自分自身の体験を教えてくださった方もいた。

中には、あなたは利己的だね、興味もなかった親が死んでなぜ自責の念に駆られるのとおっしゃった方もいた。あなたのそういう感情を文章にして表現することは、負の感情の連鎖になるからやめてほしいと言った方もいた。

すべてありがたく受け止めた。中でも、あなたが今一生懸命生きてくれているほうがうれしいという言葉や、悲しみから少しずつ立ち直って、ご自分の人生を笑顔で歩いてほしい、お互いにいい人生を過ごしましょうという、見知らぬ方々からの励ましが胸にしみた。

大きな悲しみを経験しているときは自分のことしかわからなくなる。けれど、「こんな悲しみを経験しているのは私だけではないのだ」と思い出せれば、今の状態を受け入れ、自分に優しくすることができる「セルフ・コンパッション」の考え方も知った。

多くの方からもらった言葉で、これからの人生でまた悲しみに出合ったときにも、立ち上がることができそうだと感じている。

死者は人との新たなご縁を紡ぐ

父が突然いなくなってしまったのはとても悲しいことだったけれど、それは同時に多くの出会いや再会を連れてきた。死者は人との新たなご縁を紡ぐ。それが亡くなった者が最後にもたらしてくれる置き土産なのかもしれない。

私が死んでしまえばこのまま家は途絶えてしまうだろう。けれど、父が紡いでくれたご縁を心の片隅に置いて、これからも力強く生きていくことができそうだと思えるようになった。そして私にももしかしたら多くのものが遺せるのではないだろうかとも。

ほら、僕がいなくてももう大丈夫でしょ、という父の声が聞こえた。
今、確かに聞こえた。

お盆に実家に帰ると、空高くユリが咲いていた。父が会いに来てくれたのではと思った

終　章

父がひとりで死んでいた——

ひとり娘から父への手紙

東京から田舎へ移動するなどとは口が裂けても言えない雰囲気だった２０２０年８月初旬。前日、熱中症で倒れて救急搬送された母の入院手続きのため、私は急遽《きゅうきょ》、故郷に飛行機で日帰りすることになった。

仕事はほぼリモートで行っていたので本当は実家に泊まることもできたけれど、父しかいない場所に長くいたくなかったので日帰りにしたというのが本当のところだ。

結果的にこれが生前の父と会った最後の日になった。母に会うことはできず病院で手続きだけを済ませて実家に戻ってきた私は、東京へ帰る飛行機の時間を早めることにした。母の救急搬送と入院に納得がいっていない父と言い争うのに疲れてしまったのだ。一刻も早く実家を後にしたかった。

空港行きのバス停まで車で送ってくれた時に、なぜだかわからないが、もしかしたらこれが最後になるかもしれないとどこかで思った。Ｕターンして去っていく車をずっと見送った。

父がこの世からいなくなってからもうすぐ1年がたつ。最後に手紙を書こうと思う。

父へ

物心ついてからずっと苦手だった気がするあなたのことを、外ではずっと自慢していたことを今さらながらよく思い出しています。

好奇心が旺盛で、時には困らせるくらいにいろいろな質問をしてきたり、気になる記事があれば新聞のキリヌキの写真をスマートフォンで撮り送ってきたりしたこと。新しいものが大好きで、若い頃はアマチュア無線、年齢を重ねてからは大型バイク（憧れのハーレーダビッドソンも手に入れましたね）、退職してからは社交ダンスとさまざまな趣味に凝り、お金を使い果たして全く私のためには残さなかったこと。

永遠の友人だと思っていたのか、娘が俳句を始めれば句会に参加したり、地元でトークショーに出れば駆けつけてきたり、ラジオやテレビにレギュラー出演していたときは毎週視聴して詳細な感想を述べてきたりしたこと。

定年退職直前に歯肉がんを患い、下顎をすべて取り去ってしまいましたね。それからあなたの顔は見る影もなく変形して醜くなり、話す言葉はほとんど聞き取れなくなってしまいました。通常の食事を取ることもできなくなったので、それから25年間、一度も食卓を一緒に囲むことはありませんでしたね。けれど、ただの一度も自分の身に起こったことを嘆きませんでしたね。

そんなあなたの親らしからぬ無邪気な振る舞いと、どんなことがあっても決してひとことも愚痴を言わず前向きに物事に立ち向かっていく力を、私はきっと尊敬していたのだと思います。

最後まで反発することしかできなかったひとり娘に何度もひどい言葉を投げつけられ、一瞬、悲しそうな顔をすることを私は知っていました。東京に帰ってくるたびに、次こそはあなたとちゃんと話をしよう、若かった頃のことを教えてもらおう、最近気になっている新しい出来事について語り合おうと反省していたのに、次に実家に帰ればまたあなたを邪険に扱うことしかできませんでした。

あなたが決して誰も入れなかった自室でひとりで亡くなってから、私は少しずつその部屋の整理をしています。とても筆マメで、何でも書き残していたのですね。あまりに明るすぎてもしかしたら何も考えていないのではないかと思っていたあなたが、さまざまなことを思い、あるときは葛藤しながら生きてきた軌跡を、今さらながら目の当たりにして圧倒されています。

あなたは優しい息子であり、頼もしい兄であり、たくましい青年であり、困った夫であり、個性あふれる父親として一生を生きました。そのことを私は今、初めて知ろうとしているところです。

人は死んでからしかわかり合えないものなのかもしれませんね。生前は結局じっくり話し合うことができなかったけれど、今からでも改めて会話ができる日記やメモをたくさん残してくれてありがとう。

妻とひとり娘を愛した父として、悩み苦しみ喜んだひとりの人間として、再びこれからあなたと出会っていこうと思います。あなたが私の父でいてくれて本当によかった。死んでからこう言っても、遅いでしょうか。

父との思い出の写真

おわりに

父とはこの20年来、ほとんど携帯電話のメールで会話をしていました。会うと反発ばかりしてきた私ですが、お互い文章を書くのが好きだったこともあるのか、テキストのやり取りではなぜか少しだけ素直になることができました。父はメールでも一貫して敬語を使い続け、会話はすべて「ですます」調の丁寧なものでした。

最近、父とのやり取りを読み返してももう大丈夫だと思えたとき、携帯を取り出してみると、すべて見えなくなっていました。父の携帯電話は既に解約していたからです。携帯のキャリアメールは、契約を解除すると消えてしまうものだとこのときまで知りませんでした。

父とのやり取りは、もう世界のどこにも残っていません。どうにか復旧できないかと考え、すぐに私はその考えを捨てました。たぶん、私は前を向いて生きてゆくほうがいいのです。だってもう、この世に父はいないのですから。

私がずっと苦しくつらい気持ちでいるのではないかと心配してくださる方もいるのですが、目の前の仕事をこなし、６匹の猫たちの世話をしていると日々は過ぎてゆき、最近はこれから先のことを考える余裕も出てきました。実家のこととは関係のないエッセイも書き、友人たちと話したり笑ったり食事をしたり、親バカならぬ猫バカぶりをＳＮＳに投稿したりもしています。趣味だったヨガで全米ヨガアライアンス認定２００時間（ＲＹＴ２００）という資格を取得し、気の合う友人たちと新しい仕事を始めようと計画もしています。

この本を書くきっかけとなったウェブ上のメディアプラットフォーム「ｎｏｔｅ」に書いたエッセイ「父がひとりで死んでいた」は、公開後ずいぶんたったにもかかわらず今でも読まれ続け、時折読者の方からメッセージをいただくこともあります。『日経ｘｗｏｍａｎ　ＡＲＩＡ』での連載も、多くの方に読んでいただいていると聞きました。私と似たような状況にあり、自分の中に抱えたままで過ごしている方もきっと多いのだろうと想像しています。

実家や家族の話は繊細すぎて、なかなか友人にも話すことができません。多くのプライバシーをさらすことにもなるので連載には躊躇《ちゅうちょ》もありましたが、ずっと文章で表現することに携わってきたからには、今、書くことが必要なのではないかと考えました。それは自分自身の気持ちを整理するためでもあり、もしかしたらどなたかの役に立てるのではないかという思いもあったからです。

連載することになったきっかけは、「ｎｏｔｅ」の記事を読んで『日経ＡＲＩＡ』（当時）編集部にご紹介くださった日経ｘｗｏｍａｎオーディエンスエンゲージメントユニット長の内田久貴さんです。目に留めてお声がけいただいたことで、読者のみなさまに経験をお届けすることができました。感謝申し上げます。

連載と書籍化に当たっては、『日経ＡＲＩＡ』編集長（当時）の大屋奈緒子さん、担当編集者の谷口絵美さんのおふたりに大変お世話になりました。連載の打ち合わせの際に、「私たちも如月さんの気持ちに寄り添って伴走していきたい」とおっしゃってくださったことがとても力になりました。ありがとうございます。

また、装丁をお引き受けいただき、重いテーマの本をすてきな作品に仕上げてくださった朱猫堂の坂川朱音さんにも感謝申し上げます。坂川さんが装丁を手がけた本が私の書棚に何冊もあり、そこに私の本が並ぶことがとても光栄です。

表紙に美しい装画をご提供くださったイラストレーターの坂内拓さんにも御礼申し上げます。今この瞬間も世界のどこかに、そして誰かの心のうちに存在している坂内さんのコーヒーカップのイラストのような静けさが、きっと父にも感じられる瞬間があっただろうと想像させてくれました。

太陽のような笑顔と元気で長年家族を守り続け、今は施設で自分を見つめる時間を過ごしている母にもありがとう。あなたがいなければ、家族は今までこうやって形を保ち続けることはできなかったでしょう。

そして、およそ父親らしくなく青年の心を持ったまま、困難の多い長い人生を我慢強く、常に穏やかな笑顔で生き抜いた父へ。ありがとう。本当は、一番に本の出版を伝えて喜んでもらいたかった。きっと父はこう言ったでしょう。

「ええっ、僕のことが本になるの？　それはうれしいなあ！」

この本は私から父への詫び状です。次に実家に行ったら、まだ手つかずのままの父の書棚にこの本を置こうと思います。

そして最後に、この本を手に取り読んでくださったあなたへ。あなたが今、どういう境遇にあるか私にはわかりませんが、この本が少しでも心を軽くする友達のような役目を果たせますように、そしてあなたのあしたを幸せな方向に変えるきっかけになれますように。心から、ありがとうございます。

２０２１年11月29日　父の誕生日に

如月サラ

如月サラ《きさらぎ・さら》

エディター、エッセイスト。大学卒業後、出版社にて女性誌の編集者として勤務。ユングの「40～50歳頃は人生の正午」という言葉に出合い感銘を受け、50歳で退職し大学院修士課程に入学。中年期女性のアイデンティティについて研究しながら執筆活動を始める。noteで父親の孤独死について書いたエッセイ「父がひとりで死んでいた」がきっかけとなり『日経ARIA』にて連載開始。6匹の猫たちと東京暮らし。熊本市出身。kisaragisara.com

父がひとりで死んでいた

離れて暮らす親のために今できること

2021年12月20日　第1版第1刷発行

著者　如月サラ

発行者　南浦淳之

発行　日経BP

発売　日経BPマーケティング
〒105-8308 東京都港区虎ノ門4-3-12

装丁　坂川朱音

本文　坂川朱音+田中斐子（朱猫堂）

装画　坂内 拓

編集　大屋奈緒子

編集協力　谷口絵美

DTP制作　志賀是仁

印刷・製本　図書印刷株式会社

ISBN　978-4-296-11145-9　Printed in Japan